LEWIS CARROLL

ALICE'S ADVENTURES IN WONDERLAND

translated
by HIROSHI TAKAYAMA

illustrated
by MAKI SASAKI

不思議の国のアリス

ルイス・キャロル

高山 宏 訳

佐々木マキ 絵

亜紀書房

ALICE'S ADVENTURES IN WONDERLAND
by
LEWIS CARROLL
First published in 1865
Akishobo edition published in 2015

すべて金色《こんじき》の午後
　のんびりすべり行く我らは。
二丁のかいをちいさな力で
　こぎ進めるはちいさな腕《かいな》
我らこそとちいさな手たち
　旅みちびくと言いたげな。

なんと三人《みたり》のむごい！　この時
　こんな夢みる天《あま》が下《した》、
軽い羽さえ吹き飛ばせぬ
　力ない息にお話ねだるとは！
あわれな声ひとつどうして
　三《み》つもの声に勝てようか？

えらぶる一姫《いちひめ》の言いはなつ、
　「かかれ」との御命令。
少しやさしく二姫《にひめ》が望む、
　「へんなお話も入れるべし！」
一分に二度がたび三度がたび
　三姫《さんのひめ》に折られる話の腰。

やがて突然のしじま、
　みたり空想に追うは
新しく面白き不思議のさかい
　夢の子が行くさま、
たのしく鳥けだものと口きくさま——
　みたりは信ず、その話の半ばは。

いつも空想のいずみ涸《か》れ
　話の継穂《つぎほ》も枯れては、
語り手疲れて、力なく
　お話おあずけと言いだすのは
「また今度」——「いまがその今度」
　答える声たちのたのしげな。

かくて「不思議の国」の話は成れり、
　かくもゆっくりじゅんぐりに。
へんな筋立てもひねりだしつ
　かくてしまいまで物語かたり、
たのしき舟びとの帰り旅は
　入り日のもとに。

アリスよ！　わらべの話うけとり、
やさしい手で供《そな》えておくれ、
わらべの日の夢たちが、謎めく
「記憶」の帯に結《ゆわ》えられるあたりへ、
遠《と》つ国でつんだ花で編む
　巡礼の枯れた花輪ともして。

クリスマスのあいさつ

［妖精が人間の子に］

やさしい嬢ちゃん、妖精たち
　　しばしずるいいたずら
おいたなしわざ忘れるとき、
　　それはクリスマスのときだから。

子らの言葉がずっと耳に──
　　我ら気に入りの、やさしいお子たちの──
むかし、クリスマスの日に
　　おそらからあいさつ来た、と。

いまもクリスマスが来れば
　　子らまた思い出すはそのこと、
いまもひびく、その祝いの声が、
　　「地には平安、人に善き心！」と。

この天からの客迎えたくば
　　心、わらべの心たるべし。
たのしみ知る子らには
　　クリスマスならざる日なし。

やさしい嬢ちゃん、我ら忘れん、しばし
　　いたずらも、おいたなしわざも。
我ら心から祈る、あなたに
　　メリー・クリスマス、良きお年を、と。

1867年 クリスマス

CONTENTS

不思議の国のアリス

I

うさぎ穴を落ちる

アリスは姉さまと二人、土手の上にすわってばかり、何もすることがないので退屈しはじめていました。姉さまが読んでいた本を一度二度ちらりとのぞいてみたのですが、絵もなければ会話のやりとりもありません。「なんの役に立つのよ」とアリスは思いました、「絵もない、会話もない本なんて」、と。

そこでアリスが頭の中で考えていたのは（できる限りということです。なにしろ暑い日で、ものすごく眠くてぼおっとしていたのです）、ひなげしで花輪をつくるのは楽しそうだけど、わざわざ起きあがっていって、ひなげしを集めるのも面倒くさいなということでした。と、その時突然、ピンクの目をした白いうさぎが一羽、アリスの近くを走り抜けていったのです。

そう変なことでもありませんでしたし、このうさぎが「大変、大変、間に合わん！」とひとりごとを言うのが耳に入ってもアリスは大して変なことと思いませんでした（あとからこのことを考えた時、もっとびっくりしてよかったはずと思ったのですが、その時は何もおかしいようには思えなかったのです）。しかし、うさぎがほんとうに胴着のポケットから時計を出してそれをながめ、足を速めるのを見ると、さすがにアリスもとびあがりました。胴着にポケットというさぎ、そこから時計を出すうさぎ、そんなものいままで一度も目にしたことがないと突然わかったからですが、好奇心でいっぱいになると、うさぎを追って原っぱを走り抜け、生け垣の下の大きなうさぎ穴にうさぎがぴょんととびこむところをちょうど目にすることができました。

アリスもすぐにあとを追いましたが、一体どうやって出てくるかということは全然頭にありませんでした。

うさぎ穴はしばらくの間はトンネルみたいにまっすぐ続いていましたが、突然下に落ちました。アリスは止まることを考えるいとまもなく、気づくと非常

に深そうな井戸の中を落ちていたのです。

井戸がよほど深かったのか、落ちるのがよほどゆっくりだったのか、落ちていきながらまわりに目をやり、次に何が起こるのだろうと考えるいとまがありました。まずは下を見やり、どこに行きつくのか知ろうとしましたが、真っ暗で何も見えませんでした。それから井戸の壁面に目をやると、食器棚や本棚でいっぱいだし、あちこちに地図とか絵とかが木釘で留められてかかっているのがわかりました。落ちていきしなに棚のひとつから壺をとりました。ラベルには「オレンジ・マーマレード」とあったのに、がっかり、中はからっぽでした。アリスはその壺を、下にいるだれかが死んでも困ると思って落とさないで、通りがかりの食器棚に戻しました。

「そうよ」とアリスはひとりごとを言います、「これほども落っこちちゃったら、もう階段からころんで落ちるなんてなんでもないわ。なんて勇敢なことって、家じゃみんなに思われるにちがいない。そうよ、家のてっぺんから落ちたって、わたしなあんにも言わない」（というより言えない、という方が正しいでしょう）

びゅんびゅんびゅうん。こんなに落ちて終わりはないのだろうか。「いままで何マイル落ちたんだろう」と、こちらは声に出していました。「ほとんど地球の中心近くのはずよね。ええと、四千マイル、っていうとこかな——」（こういうことを学校の勉強でいくつも知っているアリスでしたが、知識をひけらかすにはあまりぴったりこなかった、というのは耳を貸してくれそうな相手がいなかったからです。それでも口に出してみるのはよいおけいこになりました）「——そうそう、大体そんなところよ——とすると、いまいるところの緯度経度はどれくらいかしら」（「イド」「ケイド」ってどういうものかアリスはまった

く知りませんでしたが、とにかく口に出してみるにはえらそうな言葉でした）

さてまたアリスは言いはじめます。「わたし地球の真ん中を通って落ちていくのかしら。頭を足にして歩いてる人たちのところに出るなんて面白そう！排斥人《はいせきじん》っていったかしら――」（今度はだれも聞いていないので助かったと思いました。正しい言葉のように思えなかったからです）「――なんてところなのか人に聞くしかなさそうね。奥様、ここ、ニュージーランドですか、オーストラリアですか」（言いながらアリスは膝《ひざ》を折ってのおじぎをしました――空とびながらの膝折り礼なんて！ほんとうにできたと思う？）「こんなことたずねるなんてばかな子って思われるかも。たずねるのは止め。きっとどこかに書いてあるでしょう」

びゅんびゅんびゅんびゅうん。他にすることもないし、アリスはすぐまたしゃべりはじめます。「今晩ダイナはわたしをさがして寂しがるわ（ダイナは猫の名前です）。家のだれかがお茶の時間に、ちゃんとお皿にミルクあげてやるとよいのだけれど。ああ、ダイナちゃん。おまえがここまでわたしと一緒に来てくれてたらなあ。空にねずみ、いないかも。でもこうもりはつかまえられる。――こうもりって、ねずみに似ていないこと。それにしても猫はこうもりを食べるのかしらね？」ここでいきなりアリスはものすごく眠くなりはじめ、ひとりごとも夢見心地でした。「猫、こうもりを食べるか、猫、こうもりを食べるか」、そして時には「こうもり、猫を食べるか」と。どちらにも答えられないので、どちらの問いを口にしようと別にかまわなかったのです。うとうとっとしだしているのがわかりましたし、ダイナと手をとり合って歩きながら「ところでダイナちゃん、ほんとうのところどうなの、おまえ、こうもり食べたことってある？」と大まじめに聞く夢を見はじめたところで、突然、どさっどさん！　アリスは枝と干し草の山の上に落ち、落下は終わりました。

アリスはまったくの無傷で、すぐ立ちあがると上の方を見あげましたが、上は真っ暗でした。目の前には別の長い廊下があり、白うさぎが向こうに足早に行く姿がまだ見えています。ゆっくりしていられません。風のようにとんでいくと、うさぎが角のところでひとりごとを言うのが耳に入ってきました。「なんて耳《みみ》っちい、髯《ひげ》え話、これじゃ遅刻だ！」角を曲がる時、すぐ後ろにいたつもりなのに、もううさぎの姿は見えません。気がつくと奥行きのある低いホールにアリスはいましたが、天井からさがったランプが列をなしてホールを照らしているのでした。

ホールじゅうぐるりと扉だらけでしたが、すべてに錠がおりていました。アリスは一方の壁を向こうへ、もう一方の壁を向こうから、どの扉もたしかめながら歩いてみましたが、悲しげに真ん中に歩み出ました。二度と出ることができないのだろうか、と。

と突然、固いガラスでできたちいさな三脚のテーブルに出くわしました。テーブルの上にはちいさな金色の鍵があるばかりです。アリスがまず考えたのは、扉のどれかの鍵かもしれないということでしたが、あら残念、錠が大きすぎるか、それとも鍵がちいさすぎるか、いずれにしろこの鍵ではどの扉もあけられませんでした。しかし二回目にまわってみると、一回目では気づかなかった丈《たけ》の低いカーテンがあり、めくると高さ十五インチほどのちいさな扉がありました。その錠にちいさな金色の鍵をさしこんでみますと、ぴったりで、アリスの喜びようといったらありません。

アリスがその扉をあけてみると、ねずみ穴と同じくらいの大きさのちいさな廊下がありました。アリスは膝をつくと、その廊下ごしに美しいことこの上ない庭をのぞき見しました。どんなにかこの暗いホールを出て、美しい花の苗床《なえどこ》、ひやりとした泉の間を歩いてみたいと思ったことでしょう。しかし戸口から頭を出すことさえできません。「頭が出せたところで」と、かわいそうなアリスは思いました、「肩が出せなきゃ、かたなしね。ああ、わたしを望遠鏡みたく縮められたらなあ！　きっかけさえわかれば、やれると思うんだけど」きみ、わかるよね、その前に変なことばかり起きていたから、いまアリスが自分にほんとうに起こらないことなんて何もないと考えだしていたこと。

ちいさな扉のところでじっと待っていても仕方がないようでしたから、アリスはテーブルに戻って、別の鍵が見つからないか、人を望遠鏡のように縮める仕方を書いた本なりと見つからないかと思いました。今回、テーブルの上にあったのはちいさな瓶《びん》でした（「絶対にさっきはなかったわ」とアリスは言いました）。瓶の首には紙のラベルがついていて、「わたしを飲め」という大きな文字が美しく印刷されていました。

「わたしを飲め」とはけっこうなことですが、ちいさくても賢いアリスはあわててそんなことをする子ではありません。「まずよく見て」、とアリス、「『毒』のしるしがついてるかどうかたしかめなくっちゃあ」というのも、友だちが教えてくれた、真っ赤に焼けた火かき棒を長く握りすぎるとやけどをするとか、ナイフで深く指を切りすぎると大体血が出るとかいった簡単なきまりを思いだそうとしなかったばかりにやけどしたり、獣に食べられたり、そういったひどい目にあった子供たちのちいさな物語をいくつか読み知っていたからです。アリスは「毒」のしるしのついた瓶からたくさん飲むと、おそかれ早かれ体によくないはずだ、ということを忘れたことはなかったのです。

この瓶はと言えば「毒」というしるしはなかったからアリスは思いきって口にしてみましたが、とてもおいしかったので（実際、チェリーのタルト、カスタード、パイナップル、七面鳥の焼肉、タフィー、バターを塗った熱いトーストの混ぜあわさった味がしました）、たちまちに飲みほしてしまいました。

＊　＊　＊　＊　＊

「変な感じよ！」とアリス。「望遠鏡みたく縮んじゃってるみたい！」

実際そうなっていました。いまはたった十インチの身の丈だったので、あのきれいな庭に通じたちいさな戸口をうまく出られそうと思って、アリスの顔はぱっと明るくなりました。しかしまずは何分か待って、もっと縮んでしまわないか見なければなりません。このことをアリスは少し心配していました。「だって、そうでしょう。もしかして、わたし、ろうそくみたくまったく消えてなくなっちゃうかもしれないじゃない。そうなったらわたし、どんなふうになるのかしら」そしてろうそくが吹き消されると、その炎がどういうふうになるものか想像してみようとしました。それまでそんなもの目にした記憶がなかったからです。

少したって、それ以上何も起こらないようなので、アリスはいきなり庭に行ってみることにしましたが、あら残念、扉のところに行くとちいさな金色の鍵を忘れてきたことに気づきました。テーブルのところに戻ってみると、鍵に手が届かないことがわかりました。ガラスを通してはっきりと鍵が見えるので、テーブルの脚のひとつを力いっぱいのぼってみようともしたのですが、なんともすべることすべること。のぼれずに疲れたちいさ

な少女、つきすわって大声で泣きはじめるのでした。

「さぁさあ、そんなふうに泣き叫んでなんになるの」と、アリスは自分に向かってきつい口調で言いました。「いますぐ止めるのっ！」みずからに向かっては大体よい忠告のできるアリスでしたが（その忠告に従うことはめったにありませんでした）、時々自分をきびしく叱るあまり目に涙が浮くこともあり、またこのふしぎな子供は一人で二人のふりをすることが好きで、自分を相手のクローケーの最中、自分で自分にずるをしたからと言って自分の耳をぶとうとしたことがあるのをおぼえていました。「でもいま、なんになるの」と、かわいそうなアリス、「二人のふりしたって！　ちゃんと一人、と言えるほどの自分さえ残っていないのに！」

すぐに目がテーブルの下のちいさなガラスの箱の方に行きます。アリスが箱をあけてみると、とてもちいさなケーキが入っていて、ほしぶどうで「わたしを食《しょく》せ」という文字が書かれていました。「じゃ、食べてみる」とアリス。「それでもっと大きくなるなら、手が鍵に届く。もっとちいさくなるなら、扉の下にもぐれるはずね。どちらにしろあの庭へ出られるんだから、別にどっちだってかまわない」

そこで少し食べてみて、心配そうに「どっちかな、どっちかな」と、手を頭にのせて大きくなるかちいさくなるか知ろうとしましたが、前と変わらないのでほんとうにびっくりしました。ケーキを食べても普通はそうなのですが、アリスは変なことばっかり起きるのになれきっていましたから、ものごとが普通に進むのをまったくつまらない間の抜けたことのように感じるのでした。

そこでアリスは食べはじめ、すぐにケーキをたいらげたのでした。

＊　＊　＊　＊　＊

＊　＊　＊　＊

＊　＊　＊　＊　＊

II

涙のたまり池

「あれえっれれれれっ！」と、アリスは大声を出しました（びっくりしすぎて、ちゃんとした言葉になりません）。「伸びきっちゃった望遠鏡みたい！　さようなら、足！」（というのも足の方を見おろしてみると、目に入ってこないくらい、足が遠くに行ってしまっていたのです）「これからだれに靴と靴下、はかせてもらうの、かわいそうなあなたたち。わたしにはできっこない！　こんなにも遠くに行っちゃったら、わたしには手が回らない。自分でできることは自分でしてね――もちろん手は貸すわ」とアリス、「だってわたしの行きたいところへつれて行ってもらえないの、困る！　そうね、クリスマスのたびに新しい靴をあげよう」

そしてどうやったら、そうできるか考えます。「宅配かな」と思いました。「自分の足にプレゼント、おっかしい！　受取人だって変よね！

炉格子町《ろごうしまち》
しきもの
アリス右足さま
（謹呈）

ああわたし、なんてばかなこと言ってるのかしら」

と、この時、アリスの頭がホールの天井に当たりました。いまやほんとうに九フィートを超す身の丈《たけ》になっていましたから、アリスはすぐ、ちいさな金色の鍵をつまむと、庭への戸口にいそいで向かって行きました。

が、どうしたこと、体を横にして片目で庭をのぞき見ることしかできません。

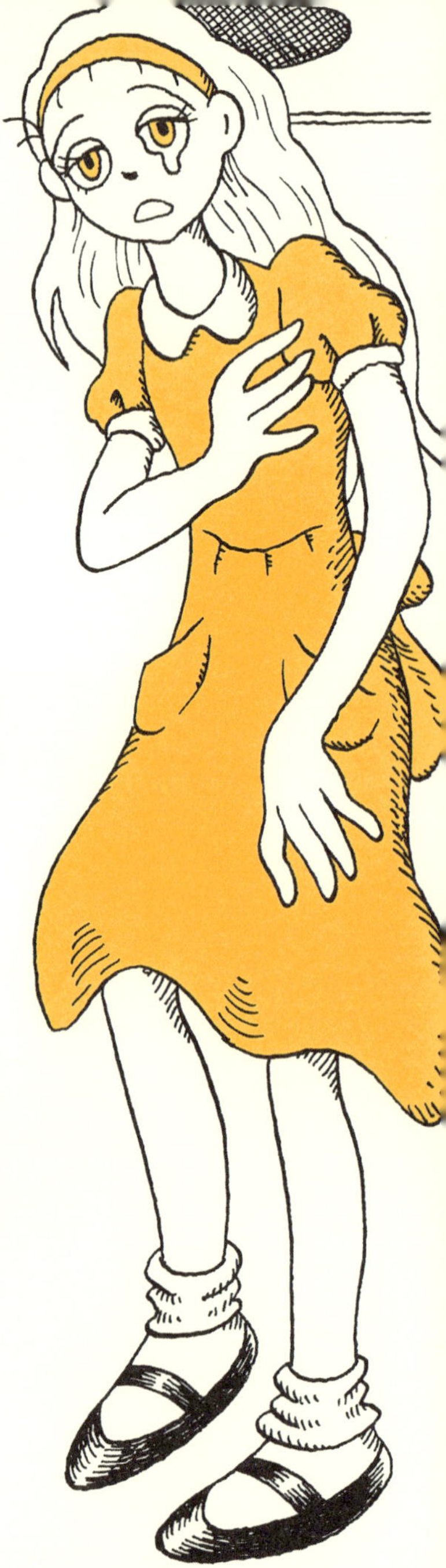

抜け出るのはさらにむずかしくなってしまい、アリスはつきすわって泣きはじめます。

「恥ずかしくないの」とアリスは問いました、「あなたみたいな大きな子が」(たしかに大きいは大きい子でした)「こんなふうにめそめそするの！　いいっ、もう泣かないっ！」でも涙はやっぱり止まらず、何ガロンも流れた涙でとうとうアリスのまわりには大きな水たまりができましたが、それは深さ四インチ、ホール半分にまで広がっておりました。

少したって遠くにぱたぱたというちいさな音が聞こえてきたので、アリスは涙をぬぐって何が来るのか見ようとしました。白うさぎが戻って来たのですが、きちんと盛装し、片手に白いキッドの手袋、もう片方の手には大きな扇を持っていました。すごい早足でやって来ましたが、「女公爵、女公爵！　待たせたらどんなに怒るだろう」とかぶつぶつ言っています。どうしてよいかまったくわからないでいたアリス、だれの力でも借りたいところでしたから、うさぎが近くに来た時、おずおずと小声で「あのお、もし――」と話しかけました。うさぎはとびあがらんばかりにびっくりしたはずみに白いキッドの手袋と扇を落とし、あらん限りのスピードで暗がりにかけこんで行きました。

　アリスはその扇と手袋を拾いあげましたが、ホールの中がひどく暑いもので、しゃべっている間じゅう、扇をぱたぱたやっていました。「あらま、今日はみんなおかしいわ。昨日はいつも通りだったのに。夜の間にわたし別の人間になっちゃったのかしら。ええと、今朝起きた時、たしかに自分だったかしらね？　ちょっとちがうと感じたように思う。でも同じじゃないとすると、じゃ『一体全体、わたし、だれ？』ってことになるわね。わあ、これってわけわかんない！」アリスは同じ年齢《とし》で知っている子を片はしから思いだしはじめました。その子たちのうちのだれに変わってしまったのか知ろうとしたのです。

「エイダじゃない」とアリスは言いました。「だってあの子は長い巻毛。わたし、全然巻毛じゃない。メイベルなんかじゃありえない。だってわたし、こんなにいろいろ知ってるのに、あの子はほんとに何も知らない！　第一、あの子はあの子。わたしはわたしなんだから──ああ、ほんとにわけわかんない！　知ってたこと、みんなおぼえてるか、やってみよう。ええと、四かける五は十二、四かける六は十三、それから四かける七は──っと、あれま、これじゃいつまでやっても二十にならない！　九九《くく》なんてどうでもいい。地理ならどうかしら。ロンドンの首都はパリで、パリの首都はローマで、ローマの──だめ、全部ちがう。メイベルになっちゃったのかなあ！『あっぱれ、ちいさな──』を暗誦してみよう──」暗誦しようとして膝《ひざ》の上で手を組むと、そらんじはじめましたが、かすれた別人のような声でしたし、言葉もいつものようには出てきませんでした。

あっぱれ、ちいさなワニの
磨きかけたる輝く尾っぽ、

そしてナイルの水を
　金のうろこにかけるとこ。
うれしそうににたっと笑い、
　いいぐあいに爪ひろげ、
小ざかな諸君いらっしゃい、
　にっこり笑うそのあごで。

「言葉がたしかに正しくない」と、かわいそうなアリスは言って、言いながらも目には涙がいっぱいでした。「つまりはメイベルなのね。あのちいさな汚い家に住まなきゃなんないんだ、遊び道具もないし、お小言《こごと》ばっかり！　わたし、こうしよう。もしわたしメイベルなんだったら、ずっとここにいる！　みんなが顔をつきだして『あがっておいで』って言っても、わたし、上を見あげて言うわ、『あがると、わたしだれ？　それを教えてもらえて、その人間であってもいいと思ったら、あがっていく。じゃなきゃ、だれか他の人間になるまで、ずっとここにいるわ』って――ああ、それにしたって」と、突然涙がこみあげてきて、アリスは大声で言いました、「だれでもいいから、どうか顔だして！　ここでひとりぼっちでいるの、もううんざり！」

こう言いながら目を落とし手を見て、びっくり。話している間にうさぎの白いキッドの手袋の片っぽをしっかりはめているではありませんか。「こんなはずない」とアリスは気づきます。「またちいさくなってるんだわ」立ちあがるとテーブルのそばに行き、背丈を比べてみましたら、およそ二フィートくらいかと思われ、どうやらもっと縮み続けていました。手に持っている扇のせいということがすぐわかりましたから、あわてて放りだし、おかげですっかり消えてなくならないですんだのでした。

「ほんと危ないとこだった！」とアリスは突然起きた変化にぞっとしながら言いましたが、自分がまだいるのを知ってほんとうにほっとしました。「さあ、庭よ！」そして全力でちいさな扉のところに走って行ったのですが、残念、ちいさな扉にはまた錠がおりているし、ちいさな金色の鍵は前そうだったようにテーブルの上です。「前より悪い」と、かわいそうな子供は思いました。「だってこんなにちいさくなってしまったこと、ないもの、一度も！　ほんとにまずい、最悪！」

　こう言っている間にも足をすべらせ、あっという間にどっぷうん、塩水があごまで来ていました。まずアリスが考えたのはどうしてだか海に落ちたらしいが、「それなら汽車で帰れる」ということでした（アリスは生まれてからたった一度だけ海岸に行ったことがあったのですが、イングランドの海岸のどこに行っても海に

は無数の更衣車《きがえぐるま》があり、子供たちが木の手鋤《てすき》で砂を掘っており、後ろに海の家が列をなしていて、そしてその後ろには鉄道の駅あるもんなりというとても大まかな結論をひき出していたのです）。しかし、アリスにはすぐに、身の丈九フィートの時の自分が流した涙がたまった池だとわかりました。

「あんなに泣かなきゃよかった」と、出口をさがして泳ぎながら、アリスは言いました。「その罰に、こうして自分の涙でおぼれていくんだわ。そんなの変って言えば変。だけど今日は何もかもが変だから」

その時です。ちょっと向こうの方で何かがばしゃっと音をたてました。アリスはもっと近寄って、なんなのか見ようと思いました。セイウチ、それともカバ、とまず思いましたが、いま自分がどれほどちいさくなっているか思いだすと、それが自分と同じように水中にすべり落ちたねずみにすぎないことがすぐわかりました。

「話しかけて」とアリスは思いました、「どうにかなるだろうか」、と。「落ちて来たここでは何もかも変なんだから、ねずみと話ができたってふしぎじゃなさそう。やってみていけないこともないし」そこでアリスは口をひらきます。

「ねずみよ、この池の出口を御存知ですか、わたし、ここで泳ぎつかれちゃって。ねずみよ！」（ねずみに話しかける正しいやり方とは思われませんでした。前にそんなことしたためしはなかったのですが、兄さまのラテン語文法の本で見たことがあるのを思いだしたのです。「ねずみは――ねずみの――ねずみに――ねずみを――ねずみよ」と、たしかそうありました）ねずみはじっとアリスを見つめていましたが、ちいさな目の片方でウィンクしたように見えました。でも何か言うことはありませんでした。

「英語がわからないのかもね」と、アリス。「きっと、ウィリアム征服王と一緒に来たフランスのねずみなのね」（アリスは歴史のこと、いろいろ知ってはいても、何がどれほど前のことか、はっきりわかってなんかいません）こうしてアリスはまた話しかけました。「ワタシノねこハドコ？」アリスのフランス語の教科書の一番はじめの文章です。ねずみはいきなり水からとびあがると、こわくてぶるぶるふるえているように見えました。「ごめんなさい！」かわいそうな動物の気分を害してしまったと思って、アリスはすぐに言いました。「猫がおきらい、ってすっかり忘れていたもので」

「猫がおきらい、だって！」と、ねずみは怒ったような鋭い口調で言いました。「きみがぼくだったら、きみ、猫好きかい？」

「多分好きじゃないわね」と、なだめるようにアリス。「でも怒らないでね。あなたにわたしんちのダイナちゃん、見せてあげたいな。姿を見るだけで好きになってくれるはずよ。ほんとにおとなしくて、かわいいんだから」アリスはゆっくりと池を泳ぎながら、半ばひとりごとのように続けました。「火のそばでかわいくのどをごろごろいわせ、足をなめたり顔を洗った

り——なでるとやわらかいし——ねずみとらせると一番よ——あら、ごめんなさい！」アリスはまた大声を出しました。今度こそねずみは全身総毛だっていましたから、ほんとに怒らせちゃったみたい、とアリスは思いました。「おいやなら、わたしたち、もうダイナの話しないことにしましょう」

「わたしたち、だって！」まだしっぽの先までふるえながら、ねずみが大声で言いました。「この話、ぼくもしてるみたいじゃないか！ねずみ族は猫はいつだってきらいだ。汚い、低級、野蛮なやつら！

その名を二度と聞かせるんじゃない！」

「二度としません！」と言って、アリスはいそいで話を変えようとしました。「それなら――ひょっとして――お好きなのは――犬？」ねずみは答えません。そこでアリスはなお話を続けます。「家の近所のかわいい仔犬、ぜひ見せたいものだわ！　目のきらきらしたちいさなテリアでね、茶色の巻毛がとっても長いの！　でね、何かを投げると、すぐとって来るし、何か食べたいとちんちんするし、いろいろするのね――その半分も思いだせないわ――飼主は農家のおじさんなんだけど、とても役に立つ、百ポンドの値打ちはあるって言ってるわ。ねずみだってみんな殺してくれるし――あらま！」と、アリスの声は暗くなります。「また怒らせちゃったみたい」なぜって言うと、ねずみは力の限り遠くに泳いで行って、池の水面《みなも》をさわがせていたからです。

アリスはやさしい声で呼びかけてみました。「ねずみさあん！　戻って来てよ。おいやなら、もう猫や犬のこと言いませんから」耳に入ったか、ねずみは向きを変えると、ゆっくり近くに泳いできましたが、顔は真っ青《さお》でした（怒っているからだ、とアリスは思いました）。ねずみは低いふるえ声で言いました。

「岸へ行こう、そしたら身上話をしてやろう。それでぼくが猫や犬をきらいなわけがわかるだろう」

水からあがる時が来ました。池は水に落ちて来た鳥や動物でいっぱいになりはじめていたのです。アヒルもドードー鳥も、インコもワシの子供もいましたし、変わった生きものがいろいろいました。アリスが先頭になって、みな、岸に向かって泳いで行きました。

III

コーカス競走と長い尾《お》話《はなし》

土手の上に集まったのはほんとうにおかしな一行でした。鳥たちは羽をひきずり、動物たちは毛を体にぴったりくっつけ、みな水をたらし、きげんも居心地も悪そうでした。

何よりもどう体を乾かすかが問題でした。いろいろと相談しましたが、二、三分もすると、アリスはなんのふしぎもなく昔からの知り合いみたいに打ちとけて話をしているのでした。たとえばインコと長話になりましたが、インコはやがてふきげんそうになり、「そっちより年上なんだ、わたしの方が正しい」と言ったきりです。相手が何歳なのかわからない以上、それはない、とアリスは思いましたが、インコがどうしても年齢《とし》を明かさないので、それきりになりました。

最後に、一同の中で重きをなしているらしいねずみが呼ばわって、「諸君、すわって、聞いてくれたまえ！　このわたしが、諸君をちゃんと乾かしてしんぜよう！」一同たちまち丸く車座になり、真ん中にねずみがいました。アリスは心配そうにねずみをじっと見つめていましたが、すぐにも乾かさないとひどい風邪をひいてしまうにちがいなかったからです。

「えへん！」と、ねずみがもったいぶったせきばらいをしました。「ではよいかな。知る限り最高の乾きっ話《ぱなし》になるぞ。どうか御静粛に願いたい！『ウィリアム征服王、その大義法皇に嘉《よみ》せられるや、首領を望み、近時略奪と征服に明け暮れてゐたイングランド人、たちまち王に従ったのである。マーシア及びノーサンブリアの領主たるエドウィンとモーカーは——』」

「うううっ！」インコにふるえがきたのです。

「なんですか」と、渋い顔のねずみが、それでも丁重にたずねます。「何かおっしゃいましたか？」

「言ってません！」あわててインコが言いました。

「言ったように思ったんだがね」と、ねずみ。「続けます。『マーシア及びノーサンブリアの領主たるエドウィンとモーカーは王に与《くみ》したし、愛国の士カンタベリー大司教スティガンドは賢明とそれを見た――』」

「何を見たって？」と、アヒル。

「それをだ」ねずみはひどくいらついて答えます。「『それ』が何を意味するかぐらい、知ってるだろう」

「ぼくが何かを見るっていうのなら、『それ』が何を意味するかははっきりしてる。普通、何かっていうのはカエルとかミミズとかだね。問題は大司教が見たのが何かということだ」

ねずみはこの問いをもうほうっておきました。そしていそいで続けて、「『賢明とそれを見た、エドガー・アセリングとともにウィリアムに会いに行き、王冠を与えることをだ。ウィリアムの所業は初めこそ穏健だった。しかるに彼の率ゐたノルマン人どもの増長ぶりたるや――』お嬢ちゃん、どんなぐあいだい？」続けながら、アリスにたずねました。

「濡れたままです」と、アリスはつらそうに言いました。「乾きっぱなしとはいかないみたい」

「ならばじゃ」と、ドードー鳥が立ちあがっておごそかに言いました、「さらに効果ある方法を即刻採用すべく一時休会を動議する――」

「わかりません！」とワシの子。「長い言葉ばっかり、半分くらい意味がわかりません。それに、あなたにだってわかってないんだと思いますけど」そしてワシの子は口もとの笑いをかくすために身をかがめました。鳥の中には声をたてて笑うものもいました。

「言いたかったのは」と、怒ったような声でドードーが言いました、「われわれ乾こうとするなら、コーカス競走が一番ということじゃ」

「実のところそのコーカス競走ってなんですの？」と、アリス。ほんとうに知りたかったわけではありませんでしたが、だれか口をひらくべきだと思っているふうにドードーが間をとっているのに、他に何かを言いだしそうな者がいないようだったからです。

「そうさな」と、ドードー。「くだくだ言うより、やってみることだ」（冬の日

にでも、きみ、自分でやってみられるように、ドードーがどういうふうにやったか、教えておこう)

まず競走のコースを円の形につくる(正確な円でなくともよい、とドードー)。次に一同、コース沿いにあちこち立つのです。「よおい、ドン」など、なしで、だれしも好きな時に走りだし、好む時にやめてよいので、競走がいつ終わるのか、だれにも簡単にはわかりません。それでも一時間半ほども走り、完全に乾いた頃、突然「ここで終わりっ!」とドードーが大声で言い、一同、息をきらせながらドードーのまわりに集まると、たずねたものです。「で、

だれが一番?」

　この問いにドードーは深く考えこんでからでないと答えられなかったし、長い間、指を一本ひたいに当てたまま立っていました（シェイクスピアの肖像でシェイクスピアがしているおなじみのかっこうだ）。その間、一同は黙って待っていました。やっとドードーは口をひらくと、「だれもが一番。みなに賞品を」と言いました。

「でも賞品を出すのはだれ?」と、みな一斉に言いました。

「そりゃ、もちろんこの子じゃ」と、アリスを指さしながら、ドードーが言いました。みなが一斉にアリスをとり

囲むと、めいめい勝手に、「賞品、賞品！」と叫びだすのでした。

アリスはどうしてよいやら、わかりませんでした。えい、ままよ、ポケットに手をつっこんで、お菓子の箱が出てきたので（よかった、塩水はしみていませんでした）、お菓子をみなに賞品として配りました。正確に一人一個ありました。

「でもこの子にも賞品がなくちゃあ」と、ねずみが言いました。

「むろんじゃ」と、これは重々しくドードーです。「ポケットに他に何かあるのかい？」ドードーがアリスに向かって言いました。

「指貫《ゆびぬき》ひとつきりです」

「では、それをこちらに」と、ドードー。

それからみなで、もう一度アリスのまわりをとり囲み、ドードーは指貫をおごそかに前に出しながら「このみやびな指貫をば御嘉納《ごかのう》あらんことを」と言いました。なんとも短いあいさつでしたが、終わるとみな一斉に歓声をあげました。

いっさいがアリスにはとてもばかげていましたが、みな大まじめな顔なので吹きだすわけにもいきません。言うことも浮かんできませんでしたから、ただ頭をさげて、できるだけまじめな顔をして、指貫をうけとりました。

次はお菓子を食べる番でした。ちょっとさわがしくなったのは、大きい鳥はゆっくり味わえるほどないと文句を言い、ちいさい鳥はのどをつまらせては背中を叩いてもらったりしたからです。でもそれも終わり、みなもう一度輪になってすわり、ねずみにもっと話をねだるのでした。

「約束ですよ、あなたの身上話」と、アリス。「あなたがどうして――『い』と『ね』をきらいなのか、も」とつけ加える声が小声なのは、また相手を怒らせてはいけないと半ばおそれたからです。

「長い悲しい尾ひれつき」と、アリスに向かい、ため息をつくと、ねずみは言いました。

「いい、いたしかに長いわね」と、ねずみの尾をびっくりしながらアリスは見おろしました。「でも、悲しいというのはどこが？」ねずみの話の間じゅう、そこがアリスにはわかりませんでした。アリスは頭の中でこんな尾話《おはなし》かなと考えたのでした。

フューリー、家で会ったねずみに言うには「ふたりで裁判やろうや。おいらがおまえを告訴する――おい、いやだなぞ言わせねえ。どうでもこうでも裁判だ。実をいやあ今朝はすることない」ねずみが荒犬に、「旦那、こんな陪審も判事もいない裁判やっても仕方ない」と言うと、「おれが判事、おれも陪審」とはするがしこい年寄り犬フューリーの答え。「裁判全部おれが仕切って、なにがなんでもおまえにゃ死刑」

「聞いてないな！」と、ねずみはきびしくアリスに言いました。「頭でなに考えてる」

「ごめんなさい」とアリスは申しわけなさそうに言いました。「五番目の曲がりのところまでよ」

「曲がりって、なんだい？」怒った口調できびしく、ねずみが言いました。

「難題、ですって！」いつも何か役に立とうとして、まわりをきょろきょろしているアリスのことです、「ああ、それ解くのお手伝いさせてください」と言いました。

「解くなんて、何をだ」と言って、ねずみは起きあがると、行ってしまいます。

「そんなばかっぱなしで人をこけにして！」

「そんなつもりじゃ！」とアリス。「それにしても、すぐかっとされるんですね」

　ねずみは答えに、うなるばかりでした。

「戻って来て、最後までお話ししてください」と、ねずみに向かってアリスは言いました。みなも、それに声を合わせます。でもねずみはいまいましそうに首をふって、さらに歩みを速めてしまいます。

「いなきゃだめなのに！」と、ねずみが見えなくなるとインコが言いました。親ガニがよい機会とばかり、娘ガニに言うことには「これを見て、おまえも決してかっとしないということ、おぼえなさい！」「お母さん、うるさいわ！」と娘ガニがこなまいきに言い返します。「そんなじゃ、おとなしい海のカキだっていらつくわ！」

「ダイナがここにいてくれたらな、ほんとうに」と、アリスはだれ相手というわけでもなく、口に出して言いました、「すぐつれ戻してきてくれるはずよ」、と。

「聞いてよければ、そのダイナって、だれなの？」とインコが言いました。

アリスはすぐに答えます。このペットのことならいつでもいっぱいしゃべりたいのです。「家の猫よ。ねずみとりの名人で、すごいのよ！　それから鳥を追っかけるとこ、見せたいわね。ちいさい鳥みっけたと思ったら、もう食べちゃってるの！」

この言葉でみなの中に大きなさわぎが起こりました。鳥たちのうちにはすぐいなくなったものもありました。年とったカササギの一羽はとても慎重に体を包みこむようにして、「どうしても家に帰らないと。夜気がのどにこたえる！」

と言い、カナリアはふるえる声で子供たちに「さあさあ、おねむの時間よ！」と言いました。いろいろ言いわけしながらだれもがいなくなり、アリス一人とり残されてしまいました。

「ダイナのことなんか言うんじゃなかった」と、アリスは暗い声でひとりごとを言いました。「ここじゃだれもダイナが好きじゃないみたいね。でもやっぱり世界一の猫よ！　ああ、ダイナ、もう会えないのかな！」ここでかわいそうなアリスはまた泣きはじめたのですが、それくらいひとりぼっちで元気をなくしていたのです。しかしすぐに、ちいさなぱたぱたという音がまた遠くに聞こえてきたので、さっと顔をあげました。ひょっとしたらねずみの気が変わって、お話をちゃんと終わらせようと戻って来たと思ったからでした。

IV

うさぎがリトル・ビルを呼びつける

あの白うさぎがまたいそいで戻って来たところでした。歩きながら、落としものでもしたみたいに心配そうにきょろきょろしています。アリスにはうさぎがこんなひとりごとを言うのが聞こえました。「女公爵！　女公爵！　手《て》っ！　毛《け》っ！　髯《ひげ》え話だ！　こりゃ死刑になるのは、いたちがいたちであるくらいまちがいないわい！」うさぎは扇と、白いキッドの手袋をさがしているのだとすぐわかったので、親切なアリスはあたりをさがしてみたのです。でも見当たらない――というより涙のたまり池で泳いだあとにすべてが変わってしまったようで、あの大きなホールも、ガラスのテーブルも、ちいさな扉も、みなあとかたもなく消えてしまっていたのです。

　すぐにうさぎは、さがしもの中のアリスに気づくと、怒った声で叫びました。「なんだ、メアリー・アン、こんなとこで一体何をしている。すぐ家に戻って、わしに手袋と扇を持って来い！　いそぐんだ、さぁ」アリスはひどくびっくりしたものですから、うさぎの指さした方へいっさんに走りだしていて、うさぎに人まちがいしていることを説明するいとまもありませんでした。

「お手伝いさんとまちがえてるのね」走りながらアリスはひとりごとを言います。「わたしがだれかわか

ったら、どんなにかびっくりするでしょう！　でもいまは扇と手袋をとってきましょう――といって、見つけられればという話だけど」言っている間にも、「ホワイト・ラビット」という名がきざまれた真鍮《しんちゅう》の板が戸口についたちいさな、きれいな家の前に出ていました。アリスはノックもしないで中に入ると階段をかけあがりましたが、万一にも本物のメアリー・アンに出くわしてしまい、扇と手袋を見つけないまま家からたたきだされたらどうしようと、びくびくしていました。

「おかしいったらない」と、アリスのひとりごとです。「うさぎのために使いっぱしりをするなんて！　次にはダイナがわたしを使い走りさせるのよ」そうなるとどうだろうと、アリスは想像してみます。「『アリス、すぐここへおいで、出かける仕度《したく》をおし！』『すぐ行きます、ばあやさま。でもわたし、ダイナが戻ってくるまでこのねずみ穴を見張って、ねずみが出てこないようにしないといけないの』でも、もしこんなふうに」とアリスは続けます、「そこらの人間に命令しだしたら、きっとみんなダイナを家に置いとこうなんて思わないわね」

この時までにはアリスはちいさなきれいな部屋にいて、そこの窓のところにはテーブルがあり、その上には（はたせるかな）扇ひとつ、そして二組か三組、白いキッドの手袋がありました。アリスは扇とひと組の手袋をとり、部屋から出て行こうとして、鏡のそばにちいさな瓶があるのを目にとめました。今度は、「わたしを飲め」と書いたラベルはついていませんでしたが、アリスは栓をあけて瓶に口をつけました。「なんか必ず面白いことになるのよ」とアリスはひとりごとを言います。「なんか食べるか飲むかすると必ずね。この瓶でだったらどうなるのでしょう。もういっぺん大きくなるといいけど。ずっとこんなちいさいままなんて、もうごめんだわ！」

ほんとにききました。思ったよりずっと早く効目《ききめ》がありました。瓶の半分ほども飲むか飲まないかで、アリスの頭は天井にぶつかり、頭をさげないと首を折ってしまうところでした。あわてて瓶をおろしながら、こうひとりごとを言いました。「もうたくさんよ——もう大きくならないでよ——こう大きくちゃあ、戸口から出られない——あんなにいっぱい飲まなきゃよかった！」

残念、くやんでもおそい！　アリスはもっともっと大きくなり、すぐに膝《ひざ》を

つかなければならなくなりましたし、あっという間にその隙間もなくなり、横になって片方のひじを戸口に押しつけ、もう一方の腕を頭の後ろに回すよりなくなりました。でも大きくなるのは止まりませんでしたから、片方の腕を窓から外へつきだし、片足を暖炉の中につっこむほかありません。「何がどうなっても、もう打つ手はない。わたし、これからどうなるんでしょう？」

ちいさな魔法の瓶の力もそこまでらしく、アリスは助かりました。もう大きくなることはなかったのですが、相変わらずとても窮屈《きゅうくつ》です。そして二度とこの部屋を出られそうにないので、暗い気持ちになったのもよくわかります。

「家はずっとよかった」と、かわいそうなアリスは考えます。「いつもいつも大きくなったり、ちいさくなったりもしなかったし、ねずみやうさぎから指図《さしず》されることもなかった。あのうさぎ穴にとびこみさえしなければ――でも――でもよ――こんな生き方、ふしぎじゃない。一体何がどうしてこんなことが、わたしに！　おとぎ話を読んでても、そんなこと、絶対起こらないと思っていたけど、いまはこうやってそのど真ん中よ！　わたしのこと書いた本がなくっちゃあ、絶対に！　大きくなったら、わたし自分で書こう――って、もうこんなに大きくなってるわけだけど」と、暗い声で言いました。「ここではこれ以上、大きくなれないくらいに、ね」

「だとすれば」とアリスは考えます、「いまより年をとることは絶対にないってこと。それもいいかもね――決して年をとらない――でもそれって、いつまでもお勉強ってことか！　それ、いやだっ！」

「はは、ばかなアリス！」自分で自分に答えます。「こんなとこで何が勉強できるって！　自分がいる隙間もないのに、お勉強の本がどこに入るっていうの！」

　こうやって代わりばんこの役になってアリスは続けましたから、立派に会話になっていましたが、外で声がしたので、ひとり会話を止めて耳をすましました。

「メアリー・アン、メアリー・アン！」その声は叫んでいました。「さぁ早く、手袋を！」それから階段にちいさなぱたぱたという音がしましたから、アリスは自分をさがしにうさぎがやって来たのだと知り、ふるえがくるとそれで家もふるえました。アリスはいま、うさぎより千倍ほども大きく、うさぎにびくびくすることなどないことをすっかり忘れていたのです。

すぐにうさぎは戸口にやって来て、戸をあけようとしましたが、中に向かってあく扉だし、アリスのひじが扉に押しつけられていたので、戸はあきません。うさぎが、「じゃあ向こうに回って窓から入ろう」とひとりごとを言うのが聞こえました。

「そ、そ、そんなことさせるもんですか！」とアリスは考え、うさぎが窓の下に来たようだと思った時、いきなり手のひらを広げて宙《ちゅう》をひとつかみしていました。何もつかめませんでしたが、ぎゃっというちいさな叫びとともに何かが落ちる音、そしてガラスのがちゃがちゃんと割れる音がしましたので、アリスは相手がキュウリの温室の上に落ちたかなんかしたのにちがいないと思いました。

それから、怒った声——うさぎです。「パット！　パット！　どこにいる？」

それからアリスが聞いたことのない声。「へいへい、参りましたです！　リンゴを掘っておりましたのです、旦那さま！」

「リ、リ、リンゴを掘っていただと！」と、うさぎが怒って言いました。「こっちだ！来て、ここから出してくれ！」（さらにガラスの割れる音）

「それでパット、窓のありゃあ、なんだ？」

「腕でがすよ、旦那さま！」（「うぅで」と聞こえました）

「腕だと、間抜けが！　こんなでかい腕があるか。窓全部の腕だとっ！」

「へい、窓全部でがす。じゃが、やっぱり腕なんで」

「兎角《ともかく》、あそこにはいらん。行ってとっぱらえ！」

このあと長い沈黙。アリスが耳にしたのは時々のささやき声だけでした。「でも旦那さま、絶対にいやです、絶対に！」とか、「言ってる通りにやるんだ、この根性なしめ！」とかです。アリスは最後にもう一度手のひらを広げると、再び宙をつかんでみました。今度聞こえたのはふたつの叫び声、そしてまたまたガラスの割れる音。「一体、キュウリの温室いくつあるのかしら！」とアリスは思います。「今度は何をしてくるんだろう！　窓から出してくれるというんなら、ぜひにもそうしてほしいものだわ！　だってこれ以上ここにずっといるの、わたしはもういや！」

アリスはしばらく待っていましたが、それ以上音はしませんでした。とうとうちいさな荷車のごろごろいう音がし、しゃべり合うたくさんの声が聞こえてきました。アリスにはこんなふうに聞こえました。「もうひとつのはしごはどこだ？――こっちはひとつだけだ。もうひとつはビルだよ――ビル、それをこっちへ持ってこい！――さあ、そいつらをここにすえろ――いいや、まずそいつらを結《ゆわ》えろ――まだ半分も届かない――そうそう、うまくいくぞ――うるさいことは言うな――さあ、ビル、このロープを握るんだ。屋根は大丈夫そうか？――そこなゆるい屋根板に気をつけろ――ああっ落ちてくる！　頭、気をつけろ！（がっしゃあん）――おい、どいつがやったんだ？――ビルだと思う――だれが煙突のぼるんだ？――いや、おれ、だめだ、おまえ、やるんだ！――それだきゃ、ごめんだ！――ビルに行かせよう――おい、ビル！　おまえが煙突をおりろと旦那さまがおおせだぞ！」

「ああ！　じゃあ、煙突おりてくるのはビル、ってことね？」とアリスはひとりごとを言います。「何もかもビルにやらせるということみたい！　何をもらってもビルの代わりだけはいやだわよね。この暖炉せまいわねえ。でもちょっと蹴ってみるぐらいできると思う！」

　アリスは煙突につっこんだ足をできるだけ下にさげると、ちいさな動物（どういうものなのか見当がつきませんでした）が煙突の中でひっかきはっかきしながらすぐ上までおりてくるのを待ちました。そして「これがビルね」とひとりごとを言いざま、鋭いひと蹴りを入れ、どうなるか見ました。

「ビルが飛んでくっ！」アリスが最初に耳にしたのはこういうコーラスでした。それからうさぎの声——「垣のところのやつら、ビルを受けとめろ」そして沈黙、もう一回、てんやわんやのさわぎ——「頭をもちあげろ——気付けだ——むせてるじゃないか——おい、ぐあいはどうだ。何があったんだ。いちから話してみろよ！」

そのうち、ちいさなきいきい声がしました（「ビルなのね」とアリスは思います）。「ううむ、よくわからないんだ――ああ、もういいよ。大分よくなった。たまげちゃってうまく言えない。びっくり箱あけた時みたいに何かががっつんときて、あとは花火さ！」

「花火みたいだった」と一同。

「家を焼きはらうしかない！」といううさぎの声がしました。アリスは出る限りの声で、「そんなことしたら、ダイナをけしかけるからね！」と叫びました。

たちまちしんとしました。「今度は何しようとしてるのかしら」とアリスはひとりごとを言います。「知恵があるなら屋根をとりはずすかもね」少ししてから外は再び動きだし、アリスはうさぎが「さしあたり、荷車ひとつ分で十分だろう」と言うのを耳にしました。

「荷車ひとつ分の何？」とアリスは考えます。考えているいとまもなくすぐに、雨のように小石がふってきて窓にぱらぱら音をたてて当たり、アリスの顔にも当たりました。「やめさせなくちゃあ」とひとりごとを言うと、今度は大声で「そこらでやめときなさい！」と呼ばわりました。またしんと物音ひとつしなくなりました。

石つぶてが床にころがると片はしからちいさなケーキに変わるのには驚きましたが、アリスにはいい考えがひらめきました。「このケーキを食べると」と、アリスは思いました、「わたしの背丈《せたけ》に何か変化が起こりそうだわ。大きくなるのでないとしたら、ちいさくなるんだわ」

そこでケーキのひとつをのみこみましたら、嬉しいことに、すぐにも背が縮みはじめました。アリスは戸口を抜けるのにぴったりの大きさになったので外に走り出てみると、そこにはいろいろなちいさな動物や鳥の一群が待っていました。ちいさなかわいそうなトカゲのビルが真ん中にいて、その頭を二匹のテンジクネズミが支え、瓶から何かを飲ませようとしているところでした。アリスが姿を現したとたん、一斉に向かってきましたので、アリスは力の限り走り、すぐに深い森にまぎれこむことができました。

森をさまよいながらアリスは「まずしなくてはならないのは」と、ひとりごとを言いました、「元の大きさに戻ることよ。それからあのきれいなお庭に行く道をさがすの。これしかなさそうね」

もちろんそれしかなさそうでしたし、きちんと、しかも簡単にできそうでしたが、ではどうやってという考えがまったく出てこないのには困りました。困って木の間で目をこらしていると、頭の真上でぽきっという鋭い音がしましたので、すぐに目を上にあげました。

大きな仔犬が大きい目をまん丸にしてアリスを見おろし、さわってみようと前足をちょっと出していたのです。アリスはあやすような声で「わんちゃん！」と呼びかけ、一生懸命口笛を吹いてみようとしましたが、もしおなかをすかせていたら、

どんなにあやしてみたところでとびかかられて食べられてしまうのではないかと思うと、こわくてずっと気もそぞろでした。

どうしていいかわからないまま、ちいさな棒を拾い、仔犬の方につきだしました。仔犬は嬉しそうに鳴くと、いきなりとびあがり、棒にとびついて、じゃれる真似です。アリスは踏まれないように、大きなアザミのかげに逃げこみました。アリスが向こう側に出ると、仔犬はたちまちまた棒にとびかかり、早くつかまえようとしてひっくり返りました。アリスはこれでは荷馬車の馬と遊んでるようなもので、いつ踏みつぶされるかわからないと思いましたから、アザミをまたぐるりと回りこみます。仔犬はちょっと前に出てはかなりさがる、を繰り返しながら棒にちょっかいを出し、ずっとしわがれた声でほえていましたが、最後にはだいぶはなれたところに、あえぎながらすわりこんでしまいました。口から舌を出し、大きな目を半分閉じています。

逃げだすチャンスと思ったアリスはすぐにかけだすと、疲れて息がきれるまで走りました。やがて仔犬のほえる声は遠くにかすかに聞こえるほどになりました。

「でも、とってもかわいいわんちゃんだったわね」キンポウゲにもたれて休み、その葉っぱでぱたぱた顔をあおぎながら、アリスは言いました。「いろいろ芸を教えてやりたかったわね——ちょうどいい大きさになれてさえいたら。そうだ、もっと大きくならなきゃいけないの、忘れてた！　それにしても、ほんとにどうやって？　何か食べるか、飲むかするのよね。『何を』っていうのが大問題だけど」

「何を」かが、たしかに大問題でした。アリスはぐるりと花や草の葉を見わたしましたが、食べたり飲んだりできそうなものは何ひとつ見当たりません。そばに、アリスの背丈と同じくらいの高さの大きなきのこがありました。その下を見、両側を見、後ろを見終わったので、アリスは今度は上を見てみようと思いました。

アリスはつま先立ちをして、きのこのへりから上をのぞきました。するとすぐ大きな青いイモムシと目と目が合いました。それはてっぺんに腕を組んですわって、のんびり水ぎせるを喫《や》っていましたが、アリスや他のことにはまるで関心がないみたいでした。

V

イモムシの忠告

イモムシとアリスはしばらく互いにじっと見つめ合っていましたが、イモムシは口から水ぎせるをとると、ものうい眠そうな声でアリスに話しかけました。

「あんた、だれだい」とイモムシ。

話をはじめる気持ちよいきっかけではありませんでした。アリスはとても恥ずかしそうに答えました。「わたし――わからないんです、いまのところ――少なくとも今朝起きた時にはわたしだれだったか言えるんです。でもそれから何度も変わっちゃったみたいで」

「どういうことだい」イモムシがきびしく言いました。「はっきり言え！」

「はっ、、きり言えといったって無理です」とアリス。「自分がはっきりしてないのに。でしょ」

「でしょと言われてもなあ。話が見えん」とイモムシ。

「もっとはっきりなんて無理と存じます」と、アリスはとても丁寧に答えます。

「どういうことか自分にもわからないんです。一日のうちにこんなにいろいろな大きさに変わるなんて、ほんとにわけがわからない」

「そうかな」とイモムシ。

「あなたにはまだわかっ

ていないのです」とアリスは言います。「自分がさなぎに変わる――いつかはどうしてもね――それから蝶々に変わる。その時がきたら、ちょっと変だってお感じになるでしょう」

「ちっとも」とイモムシは言いました。

「だったら、あなたの感じ方がちがうのね」とアリス。「わたしはとても変に感じる、とだけは言えます」

「わたしはだって！」ばかにしたようにイモムシは言いました。「あんた、だれだい」

　これでは話はまたふりだしではないですか。アリスはイモムシの答えがどれも短すぎるのに少しいらいらしていましたから、背すじをしゃんと伸ばすと、とても重々しく言いました。「まず御自分の方でだれかおっしゃるべきだと思います」

「なぜだい」とイモムシ。

　これまた難問でした。それらしい答えを何ひとつ、アリスは思いつきませんでしたし、イモムシがとてもふきげんそうでしたから、アリスはその場をはなれました。

「戻ってくるんだ！」と、イモムシが後ろから呼びかけました。「言っておきたい大事なことがある！」

たしかになんだろう、と思わせます。アリスは回れ右して、戻ってきました。

「かりかりしないこと」とイモムシ。

「たったそれだけ？」アリスは一生懸命怒りをこらえています。

「いいや」とイモムシ。

どのみち他にすることもないので、ここはひとつ待ってみよう、そうしたら何かそれなりのことを言ってくれなくもないだろう、とアリスは考えました。少ししてイモムシは何も言わず、ぷうっとけむを吐きましたが、最後に組んでいた腕をほどき、水ぎせるも口からはずすと、「で、自分が変わったと思っている、そうだったね」

「どうもそうなんです」とアリス。「いろいろ前みたいに思いだせないし、十分も同じ背丈《せたけ》でいられないんです」

「思いだせないって、たとえば？」とイモムシ。「『あっぱれ、ちいさなハチの』

を思いだそうとしたのに、出てきた歌詞全部がでたらめだったの」とてもつらそうな声でアリスは答えました。

「『おいぼれじゃん、ウィリアムおやじ』をやってごらん」とイモムシ。

アリスは腕を組むと、はじめました――

「おいぼれじゃん、ウィリアムおやじ」若いの言うにゃ
　「あたまの毛だってまっしろけ、
なのにいっつも逆立ちたあ――
　あんたの年でおかしい思わんけ」

「若いころにゃ」とウィリアムおやじ、若い相手に
　「脳にゃ悪いかとおそれてて、
なのにわかってみるとおいらのうなし、
　どや、何回でも何回でもやってやるべ」

「おいぼれじゃん」と若いのいわく、「さっきも言ったね
おまけにふとり方も並じゃない、
なのに戸口でうしろ向きに宙返りたあ参ったね――
どしてそうする、おしえてほしい」

「若いころにゃ」白髪ふりふり賢者言う、
「手足いつも若いのは
塗りこうやくのお蔭だで――ひと箱一シリング――
どや、おまえ、ここはふた箱買《こ》うてもみんか」

「おいぼれじゃん」と若いのいわく、「そう弱い顎《あご》
牛の脂肪だってかめまいに
なのにガチョウを、骨も嘴《くちばし》もばりばりと
どしてそんなことが、おしえてほしい」

「若いころにゃ」とおやじいわく、「裁判して
いっつも女房とやり合った。
そいでわしの顎、いっつも筋肉もりもりで
それからずうっとそのままなのさ」

「おいぼれじゃん」と若いのいわく、「あんたの目
とても思えぬ、いつもしっかりしてるとは。
なのに鼻の天辺《てっぺん》にウナギおったて
どしてそんなに器用なのか」

「三つまで問いに答えて、もううんざりだ」
おやじ言うにゃ、「てめえ、のさばるじゃねえ！
日なが一日、こんなのに耳かせると思うのか、
どっかにうせろ、なんなら階段蹴落とすぜ！」

「ちがってるなあ」とイモムシ。

「あんまり正しくない、でしょ」アリスがおずおずと言いました。「ちがう言葉に変わっちゃったのがあります」

「全部ちがう」イモムシははっきりそう言い、少しの間沈黙が続きます。

口をひらいたのはイモムシでした。

「どれくらいの大きさならいいんだい？」イモムシがたずねました。

「どれくらいなんて別にいいんですけど」とアリスはすぐに答えます。「しょっちゅう変わってしまうのが厄介なんです。でしょ」

「でしょって言われてもなあ。わからん話だ」とイモムシ。

アリスは何も言いませんでした。なにしろいままでこんなにむちゃくちゃ厄介だったのははじめてのことで、もう我慢しきれなくなっていました。

「で、いまのままでいいのかい？」とイモムシは言いました。

「もう少し大きいとね。気を悪くされないでくださいね」とアリス。「身長三インチじゃつらいです」

「ぴったりの背丈じゃよ！」怒った声でそう言いながら、イモムシがぐうっと伸びをしました（ら、ぴったり三インチの身長でした）。

「わたしなれてませんから！」アリスが困ったような声で言いわけします。そしてひとりごとで、「なんてこうみんな、怒りっぽいのかしらね」と言いました。

「すぐになれるだろさ」とイモムシ。そう言うとまた水ぎせるをくわえて一服喫《や》りはじめました。

アリスは今度は相手が口をひらくのをじっと待ちました。ややあってイモムシは口からきせるをとると、一、二度あくびをして、身ぶるいしました。そしてきのこからおり、草の中にはっていったのですが、その時にひとことと、

「片側で大きくなる、もう一方でちいさくなる」と言いました。

「なんの片側ですって？　もう一方って、なんの？」とアリスはひとりごとを言いました。

「きのこのさ」聞こえたわけでもないのにイモムシは言うと、すぐ見えなくなりました。

アリスは一分ほどものものの思わしそうにきのこを見つめ、どこが片側で、どこがもう片側か知ろうとしました。でもきのこはまったく丸い形をしているので全然決められません。そこで思いきって、両腕を広げられるだけ広げると両方の手できのこのはしっこをちょっとだけちぎりました。

「さあ、どっち、どっち？」とアリス。そうひとりごとを言いながら、右手の方のひとかけらを少しかじって様子を見ます。と、突然、あごに猛烈なショック。なんと、あごが足に激突！

突然の変化にほんとうにびっくりしたアリスでしたが、あっという間に縮んでいくのでのんびりしていられないと思いました。すぐにもう一方の側のかけらをかじろうとします。あごはぎゅうぎゅう足にくいこんで、口がなかなかあけられません。やっと口をあけると、アリスはなんとか左手の方のかけらをのみこみました。

* * * * *
* * * *
* * * * *

「ああ、やっと首が自由になった」とアリスは言いました。が、喜びの声はたちまち恐怖の声に変わりました。肩がどこにも見当たりません。下の方をずっと見おろしても、はるか下の緑の葉っぱの海からつきだした茎という感じに、どこまでも長く伸びる首が見えるばかりです。

「緑、緑、緑ばっかし」とアリス。「ほんとに肩はどこにいったの？　かわいそうな手たち、どうやったらまた会えるの？」そう言いながら手を動かしてみましたが、それで何か起こったようには思えません。ただ遠くの緑の中でちょっと何かが揺れたようでした。

手を頭の方に持ってはこれなさそうなので、そちらへ頭を持っていこうと思いました。そうしたら嬉しいことに、首がまるで蛇のように自由にどちらの方向にも曲がるではありませんか。首をたわめるとみやびなジグザグの線になりました。葉むらはその下でアリスが先にずっとさまよい続けていた森の木々のてっぺんのものとわかったのですが、首をそこにつっこもうとしたらいきなり鋭いしゅしゅっという音がしましたから、アリスは思わず首をひっこめました。一羽の大きな鳩がアリスの顔につっかかってくると、羽を激しく打ちつけてきたのです。

「蛇めっ！」鳩は金切り声をあげました。

「蛇なんかじゃない」アリスはむっとして言いました。「言いがかりはよして！」

「やっぱ蛇だっ！」鳩は繰り返しますが、いくぶん落ちついたようでした。声をつまらせながら、「手はみんな打った、でもぴったりのところ、全然なし！」

「なんのことか、全然わからないわ」とアリス。

「木の根っこもやった、土手もやったし、生け垣もためした」アリスにおかまいなしに鳩はまくしたてます。「なのに蛇どもときたら！　まるで満足ということを知らない！」

アリスはますますわけがわかりません。鳩がしゃべり終わるまでは何か言ってもむだだと思いました。

「卵を抱くのがどんなに大変か」と鳩。「昼も夜も蛇がこないか気を配らなきゃならない。この三週間、一睡《いっすい》もしてないわ！」

「ほんとうに、御苦労様」とアリス。やっと相手の言っていることがわかってきました。

「やっと森で一番高い木を見つけ」と言う鳩の声はもうほとんど金切り声でした、「やっと蛇の心配がなくなったと思ってたのに、今度はくねくね、空からふってくるなんて！　この蛇！」

「蛇じゃない、って言ってるでしょ！」とアリス。「わたしは――わたしは――」

「じゃ、わたしはなんだっていうの？」と鳩。「あんた、何か話こさえようとしてるね！」

「わたしは――わたしは女の子」とアリス。全然自信なさそうなのは、一日で何回自分がちがったものになったかおぼえているからです。

「考えたねえ！」鳩がばかにしきったような口調で言いました。「女の子ならいままでいっぱい見てきたけど、こんな首したのなんか一匹もいなかった！

うそだ、絶対に！　おまえは蛇、ちがうったって通るもんか。今度は、卵なんか食べたことないとかなんとか言うつもりだろう！」

「たしかに卵は食べましたよ」とアリス、正直なんだねえ。「女の子だって蛇くらいには卵食べますよ。でしょ」

「ほんとうかい」と鳩。「もしそうなら、やっぱり蛇のお仲間ということさ。簡単な話だ」

　これはアリスには新しい見方でしたから、少し黙っていましたが、鳩はここぞとばかりまくしたてました。「おまえ、卵さがしてるんだろう、そんなのとっくにお見通しさ。女の子だろうが蛇だろうが、同じことだ」

「わたしには同じことなんかじゃない」とアリスはいそいで言いました。「わたし、卵なんかさがしてないし、仮にさがしてたとしても、あなたのはごめんよ。なまの卵なんかいやよ」

「そんなら、とっととうせろよ！」怒った声で鳩。また巣の中におさまっていました。アリスは木々の間で、できるだけ身を低くしていました。なにしろ首が木の枝の間でずっとからまり続け、しょっちゅう止まっては、そのつどほどくということをしなければならなかったからです。少ししてアリスは手にまだきのこのかけらを持っていることを思いだし、慎重にまずは片側、次にもう片側をかじってみて、時には大きくなり、また時にはちいさくなっているうちに、うまく元の背丈に戻りました。

この大きさぐらいだった時からずいぶん時間がたっていましたから、はじめはなんともしっくりしなかったのですが、二、三分もするとなれてきて、いつものようにこんなひとりごとを言いはじめました。「さあ、やりたかったこと、半分できた！　いろいろと変わって、ほんとにびっくり！　次から次へ、どうなっちゃうのかわからないんだもの！　元の大きさになったんだから、今度はきれいなお庭に行く番よ――でも、どうすれば行けるんだろう」言っている間にも突然、ひらけたところに出ました。そこに高さ四フィートほどのちいさな家がたっていました。「だれが住んでいるにしろ」とアリスは思いました、「この大きさで行っちゃだめ、そこの人びっくり仰天しちゃうだろうし！」そこでアリスはまた右側の方をかじってみて、九インチに縮むのを待って、その家に近づくことにしたのです。

VI

ブタと胡椒《こしょう》

　少しの間、アリスはその家をながめながら、さてどうしようと考えていましたが、すると森の中からだしぬけに一人の制服の従僕がとびだしてきました――(制服を着ていたからそう考えたので、そうでなかったら、ただ顔からだけでサカナと呼んだにちがいありません)――そして手の甲《こう》で戸を激しく叩きました。戸をあけたのはまた一人別の制服の従僕で、まん丸い顔、大きな目はカエルそっくりでした。この二人の従僕とも、もじゃもじゃ髪にパウダーをふりかけていることにアリスは気がつきました。どういうやりとりをしているのか、アリスはとても知りたくて、ちょっと森から出て耳を傾けます。

まずサカナ従僕が腕に抱えていた、まるで従僕と同じくらい大きい手紙をとりだすと、おごそかな口調でこう言いながら相手に渡しました。「女公爵さまへ。クローケーへクィーンからのお誘い」同じようなおごそかな口調でカエル従僕が繰り返しましたが、言葉の順序が少し変わっていました。「クィーンから。女公爵さまへクローケーへのお誘い」

それからお互い深いおじぎを交わしましたが、もじゃもじゃ髪が互いにからみ合ってしまいました。

それを見てアリスは大きな笑い

声が出てしまい、相手に聞きとがめられないよう、森の中にかけこまなければなりませんでした。もう一度そろそろとのぞいてみますと、サカナ従僕の姿はなく、もう一方の方が戸口近くの地べたにすわって、ぼおっと空を見あげているのでした。

アリスはおそるおそる扉に近づいて、ノックしてみました。

「ノックしたってしょうがねえな」と従僕。「わけはふたつだ。まず、わし、あんたとドアの同じ側にいるんだ。それから内側は大やかましときていて、だあれもあんたになんか気がつくまいよ」ほんとうに中はこれ以上ないくらいのやかましさでした——いつも何かがうなり、くしゃみをし、お皿ややかんが粉々になっているみたいな大きな音が時々混ざります。

「それでね」とアリス、「どうすれば中に入れるんです?」

「そうやってノックするのには」アリスのことなど気にかけず従僕が言いました、「ドアが二人の間にあれば意味があるかもしらん。もしもあんたが中にいてノックして、わしが外に出してやるとかだなあ。だろ」言いながらもずっとずっと空を見あげているだけですから、失礼しちゃうとアリスは思います。「だけど、きっとしようがないんだ」と、これはひとりごと。「お目々が頭のてっぺんについてるんだもの。でも、とにかく人に聞かれたことにはちゃんと答えるべきよ――どうすれば中に入れるんですか？」と、これは声に出ました。

「明日までは」と従僕、「わし、ここにすわっとる」

この時、戸があくと大きな皿が一枚、従僕の頭をまっすぐめがけて、ひゅうんと飛んでくると、従僕の鼻をこすって、後ろの木のひとつに当たって粉々にくだけ散ったのです。

「――あさってまで、かもなあ」何もなかったように前と同じ感じで、従僕。

「どうすれば中に入れるの？」もっと大きい声でアリスがたずねます。

「そ、そ、そもそも中に入るべきか、だ」と従僕。「まずそれが問題。だろ」

そりゃあそうですが、そんなことわざわざ言われてもなあ、です。「ほんと、うんざり」とアリスはつぶやきます。「みんながみんな議論好き。いらいらしちゃうわ！」

従僕はここぞと思ったか、さっき言ったことをいろいろ形を変えて繰り返そうという気らしく、「わし、ここにすわっとる」と言いました。「休み休み、何日も何日もな」

「じゃ、わたしがすべきなのは何？」とアリスが言います。

「したいこと、するさ」と言って、従僕は口笛を吹きました。

「話しかけるだけ、むだっ」とアリスはきれてしまいました。「ほんとのばか、かも！」そして戸をあけ、中に入っていきました。

　戸口は大きな台所にすぐ続いていましたが、台所じゅう煙だらけでした。女公爵は真ん中の三脚椅子にすわって、赤んぼうをあやしており、料理女が一人、火の上に身をかがめ、いっぱいスープが入った大鍋をかき回しているところでした。

「スープに胡椒《こしょう》、ちょっと入れすぎじゃないこと！」というひとりごともやっとのこと、くしゃみが出そうで、出そうで。

　そこいらじゅう胡椒だらけだったのです。女公爵さえ、時々くしゃみしましたし、赤んぼうはのべつにくしゃみするか、うなるかしていました。台所でくしゃみしないのは料理女と猫の二人、というか一人と一匹。大きな猫は敷物の上にいて、耳から耳へ、裂けるようなにやにや笑いを浮かべておりました。

「あの、いいですか」と、ちょっとおずおずとアリスが言います。自分から口をきくのが正しいことかどうか、わからなかったのです。「猫ちゃん、なぜこんなふうに笑ってるのでしょう？」

「チェシャー・キャットなのさ」と女公爵、「だからだよ。この、ブタっ！」

最後の言葉は突然の罵声だったものだから、アリスはとびあがりましたが、すぐにそれが自分にではなく赤んぼうに向けられたものだとわかったので、ほっとして、言葉を続けました。

「チェシャー州の猫たちが笑うなんて、知りませんでした。というか、猫が笑うことができるなんて知りませんでした」

「みな、笑える」と女公爵。「ほとんどが現に笑っておる」

「笑う猫、わたしは見たことありません」アリスはやっと会話になってきたのが嬉しくて、とても丁寧に言いました。

「ほんとにもの知らずだね」と女公爵。「事実だよ」

この言い分が気に入らないアリス、何か他の話をした方がよいと考えました。なんの話がいいか考えていると、料理女がスープの鍋を火からおろし、するといきなり手当たりしだいのものを女公爵と赤んぼうに向かって投げつけだしたのです。まず炉の鉄具が飛びました。それからシチュー鍋、大皿、小皿。それらが当たっても、女公爵は気にもとめません。赤んぼうはいつだってうなり声をあげているので、何か当たって痛いのか、そうでないのかはわかりませんでした。

「どんな危ないことしてるか、わかってるの！」と、怒りでいっぱいのアリス、とびはねながら叫びます。

「あれえ、大事なお鼻ちゃんが！」

ほんとうに大きな鍋が赤んぼうの鼻すれすれに飛び、あわや鼻をもっていくかという時、アリスは叫びました。

「だれしもが自分の仕事を心得ているならば」と、女公爵がうなるようなしわがれ声で言いました、「世界はもっとずっと速く回るだろう」

「だからといって、いいことなんかありませんよ」ものを知っていることを示せるチャンスと思って嬉しくなったアリスは言います。「それで昼と夜がどうなってしまうのでしょうか！　だって地球は二十四時間かかって、おのれを回すので——」

「おのを回して」と女公爵、「首を切れっ！」

アリスはとても心配そうに料理女の方をうかがいます。料理女がこれを命令と思っていないか心配だったのですが、相手はスープをかき回すのに夢中で、やりとりを聞いていなかったみたいでした。アリスは続けました。「二十四時間、と思うんですけど、いや、十二時間だったかな。わたし——」

「わたしにゃただ面倒っ！」と女公爵。「数字は、うるさいっ！」そして女公爵はまた赤んぼうをあやしはじめ、あやしながら子守歌らしい歌を歌うのですが、詞が一行終わるたびに赤んぼうを激しくゆすりました。

ややにはいつもきついことば、
　くさめしたならぶったたく。
ひとこまらせるつもりだから、
　ひとがこまると知ってする。

コーラス
（料理女と赤子が一緒に）
うぉうお！　うぉうお！　うぉうおお！

女公爵は歌の二番にかかります。歌っている間じゅう、赤んぼうを乱暴に投げあげ続け、赤んぼうがひどく泣き叫ぶものですから、アリスには何の歌なのか、よくわかりませんでした。

わたしもややにきついことば、
　くさめしたならぶったたく。
こしょうさえもこのややは、
　きげんよければお気に召す。

コーラス
うぉうお！　うぉうお！　うぉうおお！

「ほらっ！　あやしたいなら、あやしておいで！」女公爵はアリスにそう言うと、赤んぼうをアリスに投げてよこしました。「わしはクィーンとクローケーをやる準備をせねばならん」そう言っていそいで部屋を出て行きました。料理女が、立ち去る女公爵にフライパンを投げつけましたが、ちょっとの差ではずしました。

アリスは赤んぼうを抱きましたが、大変でした。変なかっこうをしているうえに、手足をどの向きにでもつきだしますので、「まるでヒトデみたい」とアリスは思いました。このちいちゃな相手をアリスが抱えると、それはぶうっと鼻をならし、丸まったかと思えばまた伸びをするというぐあいですから、はじめの間は抱えているだけでせいいっぱいでした。

あやすうまいやり方がわかるとすぐに（ねじってちょっと結び目のようにしてから、右の耳と左の足をしっかりつかんで、ほどけないようにするのです）、アリスはそれを、ひらけたところにはこんでいきました。「これ、連れていかないと」とアリスは考えました、「一日か二日のうちにあの人たち、これを殺してしまうだろう。置いていけば殺させてしまうことになるわ」終わりの方ははっきり声になっていましたから、ちいさい相手はぶうぶうと答えを返しました（この時にはくしゃみは止まっていました）。「ブタみたいに言わないの」とアリス。「だめな口のきき方よっ」

赤んぼうがまたぶうぶういったものですから、何があったんだろうと、その顔をアリスは心配そうにのぞきこみました。まちがいなし、その鼻はみごとにぺちゃんこで、人の鼻というよりはっきりブタの鼻でした。目も赤んぼうのとは言えないくらいひどくちいさな目になっていて、アリスはこの相手の姿かたちをとても好きにはなれませんでした。「もしかしたら泣きたいだけなのかも」とアリスは考え、涙が出ていないか、もう一度赤んぼうの目をのぞきこみました。

でも涙は出ていませんでした。「ねえ、きみ、ブタさんになってるのなら」と、アリスはまじめな声で言いました、「これ以上つき合ってあげられない。いいこと?」ちいさな相手はまたしくしくです（あるいはぶうぶうか、よくわかりません）。それからしばらく何も言わずに歩きました。

「家に連れていったら、どういうことになるのだろう」とアリスがひとりごとを言いだしたとたん、激しいぶうぶうです。ちょっとびっくりしてその顔をア

リスはのぞきこみます。今度はまったくまちがいようがありませんでした。ブタ以外のなんでもない。それ以上はこんでいくのはトンでもない、とアリスは思いました。

そこでアリスがこのちいさい相手を下におろしますと、何も言わずにとことこと森の中に入っていきますので、アリスは心からよかったと思いました。「大きくなったら」と、これはひとりごと、「ひどく醜い子供になるだろうと思ったけど、ブタちゃんならけっこうかわいいじゃない」。それからアリスは知っている中でブタだったらぴったりという子供たちのことを考えはじめ、「あの子たちを変えられるやり方がわかれば――」とひとりごとを言ったとたん、二ヤードほど向こうの木の枝にチェシャー・キャットがすわっているのが目に入ってきて、ちょっとびっくりしました。

猫はアリスを見るとにやにやと笑いました。「きだてはよさそうな猫だわね」とアリスは思います。でもとても長い爪だし、大きな歯もいっぱい持っているから、ここは下手《したて》に出といた方がいいとも思います。

「チェシャーさん」とアリスはおずおず切りだします。この呼びかけを相手がよしとしてくれるかどうか、まったくわからなかったからです。でも猫はにやにや笑いの口もとをさらに広げただけでした。「よかった、いまのところごきげんのようだわ」とアリスは思いました。そこで続けて「ここからどっちへ行くのがいいか、教えていただけませんか」と言いました。

「あんたがどこに行きたいかで決まる」と猫。

「どこに、って別に――」とアリス。

「じゃあどっちへ行こうと勝手さ」と猫。

「――どっかに行けさえすれば」説明のつもりでアリスは加えて言いました。

「なら、長く歩きさえすれば」と猫、「必ずどっかには行くさ」

それはまちがいない話なので、アリスは質問を変えました。「この辺にはどういう人たちが住んでいるのでしょう？」

「あっちの方にゃあ」と、右の前足でそちらを指しながら「帽子屋が住んでる。あちらだと」ともう一方の前足で示しながら、「三月うさぎだ。好きに行ってみな。二人とも気がふれてるが」

「気がふれてる相手のところになんかごめんだわ」とアリス。

「しょうがないじゃないか、ここじゃ、みな気がふれてる。わたしもだ。あんたもだ」

「わたしが気がふれてるって、なぜ言えるの？」とアリス。

「ちがいないだろう」と猫。「でなきゃ、ここに来やしない」

なんの説明にもなってないとアリスは思いましたが、そのまま「あなたも気がふれてるってどうして言えるのでしょう？」と続けました。

「まずだなぁ」と猫、「犬は気がふれてない。これはいいかい？」

「そうですね」とアリス。

「では次に」

と猫は続けて、

「犬は怒るとうううう言うし、嬉しいとしっぽをふる。ところがこのわたしだが、嬉しいとううう

ううなり、怒るとしっぽをふる。かるがゆえ、わたしは気がふれている」

「それはううううじゃなくて、ごろごろいわすって言うのよ」とアリス。

「お好きなように」と猫。「あんた今日、クィーンとクローケー、するのかい？」

「とってもしてみたいわ」とアリス。「でも、まだ招かれてないけど」

「そこで会えるよ」と猫は言うと、姿が消えました。

アリスはそれほどびっくりしません。変なことが起こるのにすっかりなれっこになっていたからです。猫が消えたあたりをまだじっと見つめていますと、相手は突然また姿を現しました。

「ところで、赤んぼうはどうした？」と猫は言いました。「聞くのを忘れるところだった」

「ブタになっちゃいました」猫がそうやって戻ってきて当たり前というふうにアリスはとても落ちついて答えます。

「そうなると思ってたよ」と言うと、猫はまた姿を消しました。

また出てこないかと思って、アリスは少し待っていましたが、姿を現さないようなので、ちょっと間を置いてから、三月うさぎが住むと教えられていた方に向かって歩いていきました。「帽子屋なら何人も見たことがあるし」と、アリスはひとりごとを言いました、「三月うさぎの方が絶対面白そう。それにいま五月だもの、きっとそれほど気がふれてないはず――三月ほどおかしくはないはずだわ」こう言いながら上を見やると、また猫が、木の枝にすわっていました。

「あんた、『ブタ』って言った、それとも『ツタ』って言った？」と猫は言いました。

「『ブタ』って言いました」とアリス。「それにしてもそんなにだしぬけに出てきたり、消えちゃったりするの、やめてくださらない。ほんとにくらくらしちゃう！」

「わかった」と猫は言うと、今度はとてもゆっくり、しっぽのはしから消えていきました。最後がにやにや笑いでしたが、他のところが見えなくなったあとも、それはしばらく見えていました。

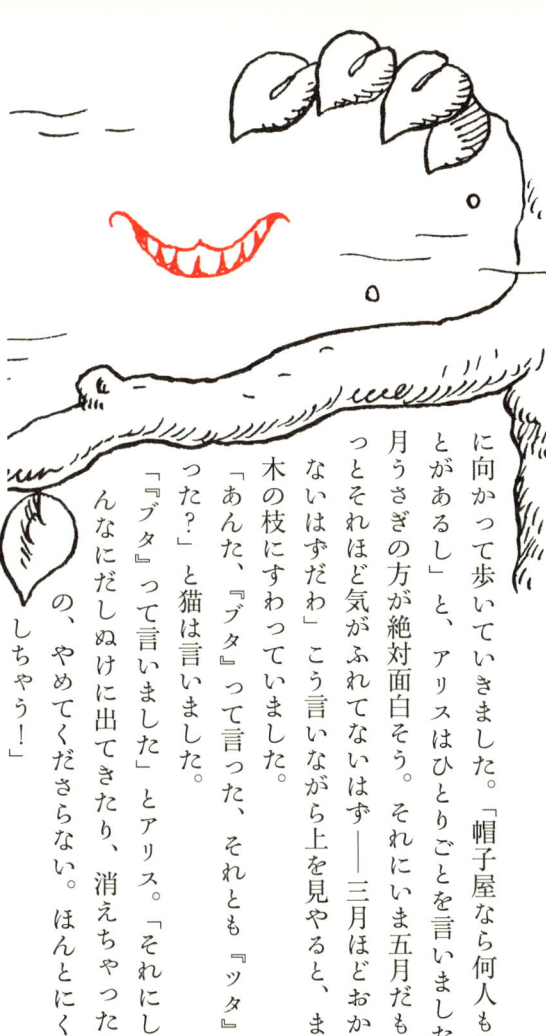

「あらまぁ！　にやにやしない猫はいつも見かけたけど、猫のないにやにやだなんて！　こんな変なもの、いままで見たことないわ！」

さて、それほど行かぬうちに三月うさぎの家が見えてきました。そこにちがいないと思ったのは煙突が耳の形をしていて、屋根を毛で葺《ふ》いてあったからです。大きな家でしたから、近づく前にきのこの左側のかけらをかじって二フィートくらいの背丈《せたけ》になっておいた方がいいとアリスは思いました。それでもやっぱり、びくびくしながら近寄っていったのです。アリスは「だってやっぱりひどく気がふれてたらどうしよう」とひとりごとを言いました。「帽子屋行きが先だったかな！」

VII

気がふれ茶った会

家の前、一本の木の下にテーブルが出ていて、三月うさぎと帽子屋がそこでお茶しておりました。その間にすわったネムリネズミはなにしろぐっすり眠っていて、両側の者たちはこれをクッション代わりにしてひじをのせ、その頭ごしにしゃべり合っております。「ネムリネズミはいやだろうな」とアリスは思いました。「まあ、ぐっすりだから気にかからないのかもしれないけど」

大きなテーブルですが、三人《みたり》は一角に寄りあつまってすわっていました。「席ない！　席ない！」アリスが来るのを見て大声で叫ぶのです。「いっぱいあるじゃない！」怒ってそう言うと、アリスはテーブルのはしっこにあるひじかけ椅子にすわりました。

「ワインはどうだい」と、帽子屋がお飲みと言わんばかりに言いました。

アリスはテーブルをぐるりと見わたしましたが、あるのはお茶だけ。

「ワイン、ないようですけど」とアリスは言いました。

「ワインはないいん」と三月うさぎ。

「それ勧めるってとっても失礼だわよ」アリスが怒って言います。

「呼ばれてもいないのに来てすわるんだって失礼だわよ」と三月うさぎ。

「いいいい、あなたたちのテーブルだって知らなかったのよ」とアリス。「四人以上すわれるじゃない」

「あんた髪切った方がいい」と帽子屋です。帽子屋はとても面白そうにさっきからずっとアリスを見ていたのですが、こう口をひらきました。

「第一印象でもの言わないでよ」と、アリスは怒って言いました。「失礼しちゃう」

これを聞いた帽子屋は目をかっと見ひらくと、口にしたのは「カラスと、書き机、どこが似てる？」ということだけでした。

「さ、ちょっと面白くなりそう！」とアリスは思いました。「なぞなぞってわけね——解いてみせる」と、これは声に出して言いました。

「答えが見つけられると思うって、それが本心かい？」と三月うさぎ。

「そうですけど」とアリス。

「じゃ、本心を口にすべきだ」三月うさぎが続けます。

「そうしてます」アリスはすぐ答えました。「少なくとも、口にしてるのが本心です——同じことじゃないですか。でしょ」

「同じでなんかあるか！」と帽子屋。「じゃあ、『私は食べるものを見る』と言えば、『私は見るものを食べる』と言うのと同じというわけかい？」

「『私は手に入れるものを好きだ』は」とこれは三月うさぎ、「『私は好きなものを手に入れる』と同じってわけだ」

「同じってわけだ」と、ネムリネズミがまるで寝言のように言います、「『私は眠る時、息してる』と『私は息してる時、眠っている』と」

「おまえにゃ同じことだわな」と帽子屋。会話はここでとぎれ、一同は少しの間、何も言いませんでしたから、アリスはカラスと書き机のことで思いつくことを次から次へ考えてみましたが、いい思いつきは出てきませんでした。

沈黙を破ったのは帽子屋です。「今日は何日だい？」アリスに向けられた言葉でした。帽子屋はポケットから時計を出すと心配そうにながめ、時々ふってみたり、耳に当ててみたりしていました。

アリスはちょっと考えてから言います。「四日です」

「二日狂ってる！」と帽子屋はため息まじりに言いました。「だからおまえのバターはこの役には立たないって言っただろ！」と三月うさぎに向かって怒った声で言います。

「最高のバターだったんだ」三月うさぎがおずおずと答えます。

「そうだ。しかしパンくずが一緒に入っちまったんだろうな」帽子屋がぶつぶつ言います。「だからパン切りナイフ、使っちゃいけなかったんだ」

三月うさぎは時計をとると、悲しそうに見ていました。それからそれをティーカップにひたすと、また見つめ直していましたが、さっきの言葉以上の何も思いつかなかったようで、「最高のバターだったんだ。だろ」

アリスは三月うさぎの肩ごしに面白そうにながめていました。「ふしぎな時計だわね！」とアリスは言います。「何日か言って、何時かは言わないのねっ！」

「いけないかね」と帽子屋。「あんたの時計は何年か教えてくれるのかい？」

「もちろん、教えない」アリスはすぐに答えます。「だって一年って、ずうっと長い間一年のままだからよ」

「わたしのはまさにそれだ」と帽子屋。

アリスは大混乱です。帽子屋の言葉はたしかにちゃんとした言葉なのに、意味をなさないようにアリスには思えました。「おっしゃること、よくわかりません」つとめて丁寧にアリスは言いました。

「ネムリネズミのやつ、また寝てる」と帽子屋は言って、熱いお茶を少しネムリネズミの鼻にたらしました。

ネムリネズミは我慢ならんというふうに首をふってから、目をあけもしないで言いました。「もちろん、もちろんだ。ぼくもそう言おうとしてたんだ」

「なぞなぞの答えは？」アリスの方を向くと帽子屋が言いました。

「だめ、降参です」とアリスは答えました。「答えはなんですか」

「全然わからんよ」と帽子屋。

「こっちもさ」と三月うさぎ。

アリスはうんざりしてため息をつきます。「もっと大事なことに使うべきじゃないの、こんな間《ま》があったら」とアリスは言います。「それを答えのないなぞなぞでむだ使いなんかして」

「あんた、マのやつとわたしみたいにつき合いがあったら」と帽子屋、「『それを』なんて言わないはずだがな、『彼を』だよ」

「なんのことだかよくわかりません」とアリス。

「むろんわかるまいさ」帽子屋はばかにしたように頭をつんとのけぞらせると言いました。「マとしゃべったことなど多分一度もないはずだ！」

「多分一度も」アリスは慎重に答えます。「でも音楽の勉強ではちゃんと間《ま》をとりますけど」

「あはあ！　それでわかった」と帽子屋。「やつ、とられるの、きらいだろうからな。でもなあ、マと仲良くやってさえいれば、やつ、何でもお望みのことを時計にしてくれるんだ。たとえば朝の九時、いよいよ勉強のはじまりだが、マにちょっと合図するだけで、あっという間に時計はぐるりん！　一時半、はい、お弁当の時間！」

（「どんなにいいだろう」と三月うさぎが小声でひとりごとを言いました）

「それはすばらしいんでしょうけど」とアリスが思慮深そうに言います、「ちっともおなか、すいてないはずよ。でしょ」

「はじめのうちは多分な」と帽子屋。「でもな、好きなだけ一時半のままでいられるんだ」

「あなた、そうされているんですか？」とアリス。

帽子屋はつらそうにかぶりをふります。「わたしはだめだっ！」と帽子屋は答えました。「いざこざがあったのがこの三月——こいつが気がふれだす直前のこと、だよな——」（言いながらティースプーンで三月うさぎの方を指しています）「ハートのクィーンが開いたコンサートでのことだが、わたしは歌わねばならなかった。

『ちっちゃなこうもり、ちゃらちゃら！
ふしぎ、そこで何やらかしてるのか！』

この歌、知ってるよなあ」

「似たようなのはね」とアリス。

「続きはな」帽子屋は先を続けます、「こんなふうだ。

『おそらの上高くもまいあがり、
そらとぶ茶盆もさながらに、
ちゃら、ちゃらり――』」

ここでネムリネズミがぶるっと身ぶるいすると、寝言の歌をはじめました。「ちゃら、ちゃらり、ちゃら、ちゃらり――」いつまでも続くので、つねってやめさせなければなりませんでした。

「そう、そうやって一番をやり終わるか終わらないかのうちに」と帽子屋は言いました、「クィーンがどなったのよ、『こやつ、マの抜けた歌にしくさってっ！　首切れっ！』とね」

「なんてひどい！」とアリスは大声で言いました。

「それで、その時以来」と、帽子屋はつらそうに言いました、「マのやつ、こちらの頼みを全然聞いてくれない。いつも六時だ、ここは」

アリスにひらめくものがありました。「そうか、それでここはお茶の道具でいっぱいなんですね」アリスは聞きます。

「そう、その通り」と、ため息まじりに帽子屋。「いつだってお茶の時間だから、あいだに洗ってるひまもない」

「だから自分たちがぐるぐる回るのね」とアリス。

「そういうことだ」と帽子屋。「道具を使っては回る」

「また最初のところに戻ってしまったら、どうなるの?」アリスは思いきったことを聞きます。

「話、変えようや」と、あくびをしながら三月うさぎが割って入りました。「もうたくさんだ。この娘さんに話がしてもらいたいな」

「話なんて、知りません」申し出にひどくびっくりして、アリスが言います。

「じゃ、ネムリネズミだ!」と、両方とも大声で言います。「起きるんだ、ネムリネズミ!」そして両側からネムリネズミをつねりました。

ネムリネズミはゆっくりと目をあけました。「寝てなんかなかったよ」と、ネムリネズミはか細いしわがれ声で言いました。「あんたらが言ってたことはひとつ残らず聞いてたよ」

「なんか話してみろ!」と三月うさぎ。

「そうよ、おねがいっ！」と、これはアリス。

「すぐにはじめるんだ」と帽子屋。「じゃないと、終わりもしないうちにまた寝ちゃうだろ」

「昔むかし三人の姉妹がおりました」と、あわててネムリネズミははじめました。「エルシー、レイシー、そしてティリーという三人で、井戸の底に住んでいましたが――」

「何を食べてたんです？」とアリス。食べたり飲んだりにいつも関心を持つのがアリスです。

「糖蜜を食べていました」少し間をとってネムリネズミが言います。

「そんなことありえません」とアリスがやさしく言います。「病気になってしまうわ」

「だから、とても病気でした」

アリスはそういう変わった暮らしってどんなふうなのか考えてみようとしましたが、まったく見当もつきません。そこで続けて言ってみました。

「どうして住むのが井戸の底なんですか？」

「お茶、もう一杯どうだい」三月うさぎが熱心に勧めます。
「まだ一杯も、いただいてないのに」と、アリスが怒って答えます、「もう一

杯飲めって、それこそ無茶よ」

「もう一杯飲むなって言えば無茶じゃないってわけか。ちょっとでも飲めばもう無茶じゃないはずだけどな」

「わたし、意見なんか聞いてない」とアリス。

「第一人称でもの言ってるの今度はどっちだい？」と、帽子屋が勝ち誇ったように言いました。

なんと答えてよいかわからなかったので、アリスは少しお茶をすすり、バタつきパンを食べると、ネムリネズミの方に向き直って、質問を繰り返しました。「どうして住むの、井戸の底なんでしょう？」

ネムリネズミはまた少し考えこんでから、言います。「糖蜜井戸なんだよ」

「そんなもの、ないわ！」アリスはかっとして怒りだしましたが、帽子屋と三月うさぎが「しっ、しいっ！」と、ふきげんそうに言いました。「おとなしく聞けないのなら、話の終わりは自分でこさえてみりゃいい」

「だめよ。どうか続けてくださいな！」アリスは申しわけなさそうに言いました。「もうじゃましませんから。ここはひとつ、そういうのありとしてみます」

「ひとつ、じゃない！」とネムリネズミも怒りだします。それでも話を続けるつもりではいました。「それで三人姉妹がおぼえたのは、かきだすことでした。いいですか――」

「かきだす、って何を？」アリスはもう約束を忘れて、たずねていました。

「糖蜜をですよ」今度は何も考えずにネムリネズミは言いました。

「きれいなカップがほしい」と帽子屋。「みんな、ひとつ移動っ」

そう言いながら帽子屋はひとつ移りましたから、ネムリネズミも従いました。三月うさぎがネムリネズミのところに移りましたから、アリスはほんとうにいやいや、三月うさぎのいたところに移ります。この移動でいい目をみたのは帽子屋だけでしたし、アリスは、三月うさぎがミルク壺を皿の上にひっくり返したばかりのところでしたから、ひどい席でした。

アリスはもうネムリネズミを怒らせることはしまいと思っていましたから、とても丁重に切りだしました。「やっぱりわからないんです。糖蜜をどこからかきだしたんです？」

「水は水の井戸からかきだすよなあ」と帽子屋。「同じように糖蜜は糖蜜の井戸からかきだす――どうだい、おばかちゃん」

「でも井戸深くにいるのよね」いまの最後の言葉は聞かないふりをして、アリスはネムリネズミに言います。

「そうだよ」とネムリネズミ、「いと深くに」

アリスはこの答えに面くらいました。しばらくはじゃまもせず相手が話し続けるにまかせました。

「三人がおぼえたのはかきだすこと」言いながらネムリネズミは、あくびは出るわ、しきりと目をこするわで、もうとても眠たいしるしです。「何もかも描きだしたのです――『ま』ではじまっていれば何でも――」

「なぜ『ま』なんです？」とアリス。

「悪いかい？」と三月うさぎ。

アリスは口をつぐみます。

ネムリネズミはこのあたりではもう目を閉じ、うとうと眠りはじめていたのですが、帽子屋につねりあげられると、ちいさくきゃっと叫んで目をさまし、また話しはじめました。「『ま』ではじまる、たとえば桝落《ますお》とし、満月、丸暗記、まぁまぁ——まぁまぁ似てるとかいう言い方するよね——とかとかだけど、まぁまぁを描いてるところ、見たことあるかい?」

「ええっ、今度はわたしに聞くの?」すっかり面くらってアリスが言います。「思いもしませんでしたけれど——」

「じゃ、話しもするな」と帽子屋。

失礼も度をこして、もう我慢できません。アリスはとても怒って席を立つと、行ってしまいます。ネムリネズミはすぐ深い眠りにつき、アリスが立ち去るのにだれも気がつきません。呼び戻してくれ

るといいのにとちょっと思いつつ、一、二度ふり返ってみもしたのですが。最後に目をやった時、ネムリネズミがティーポットにつっこまれそうになっているところでした。

「どのみち二度とあんなとこ、戻るものですか！」森の中をとぼとぼ歩いていきながら、アリスは言いました。「いままで見た限り一番おばかなお茶会よ！」

　こう言ったアリスは木の一本に、中に入っていく扉がついていることに気がつきました。「とっても妙よねっ！」とアリスは思います。「今日は妙でないものはないんだし、すぐ入ってみよう」そこで入ってみたのです。

　すると、またあの長いホールで、あのちいさなガラスのテーブルのそばに立っていました。「今度はうまくやるつもりよ」と、アリスはひとりごとを言うと、まずちいさな金の鍵をとり、あの庭に続く戸口の錠をあけました。そしてきのこをかじりました（かけらがまだポケットに残っていました）。身の丈《たけ》一フィートにまでなったところであのちいさな廊下を歩きだし、そして次に——ついにあの美しい庭の、明るい花壇、冷たい泉の中に立っていたのです。

VIII

クィーンのクローケー場

　庭の入口近くに一本のバラの木が立って、咲いたバラは白い色でしたが、三《み》人《たり》の園丁《えんてい》がいて、花を忙しく赤く塗っていました。とても妙なことをとアリスは思ってもっと近づいてみましたが、近づくにつれ三人のうちの一人が「気をつけろよ、ファイヴ！　そんなふうに人にペンキをとびちらかすの、やめろ」

「しょうがないじゃないか」とファイヴ。むっとしています。「セヴンがひじにぶつかるんだ」

　それを耳にしたセヴンが目をあげて、「なあるほど、ファイヴ！　いつもそうやって他人のせいにするんだ！」

「口きかねえ方が賢いぜ！」と、ファイヴ。「ほんの昨日のことだが、クィーンがおまえの首を切ると言ってるの、聞いた」

「どういうわけで？」最初に口をきいた一人が言いました。

「おまえの知ったことか、ツー」と、セヴン。

「まあな、たしかにセヴンの知ったことだよなぁ」と、ファイヴ。「仔《し》細《さい》を言えば――厨房《ちゅうぼう》へタマネギじゃなくてチューリップの球根を持っていった罰だ」

セヴンは刷毛《はけ》を投げすてると「いろいろよくないことはやったが、よ

りによって――」と言いだしたところで、立って三人を見ているアリスと目があって、しゃべるのを突然やめました。あとの者もふり返って見、三人は深くおじぎしました。

「おたずねします」と、ちょっとおずおずとアリスが言います。「どうしてバラを塗ったりなんかしてるのですか?」

ファイヴもセヴンも黙ったまま、ツーを見ました。低い声でツーが話しはじめます。「そうだなあ、ほんとうはここには赤いバラがないといけなかったのが、われわれはまちがって白いバラを植えた。もしクィーンにわかってしまえば、われわれみな首はないってことさ。だからな、お嬢さん、クィーンのみえる前に、われわれベストをつくして――」とここまでしゃべると、庭の向かい側を心配そうに見ていたファイヴが大声で「クィーンだ! クィーンだっ!」と叫びましたので、三人の園丁はたちまち身を投げだして平身し、低頭しました。いろいろな足音が聞こえてきましたので、アリスはクィーンを見ようと頭をめぐらしました。

まずはクラブ棒を持つ兵士が十人、みな三人の園丁と同じ、平たい四角形の体をして、その四隅に手足がついています。次には廷臣が十人、全身ダイヤで飾り、兵士たち同様、二人ひと組で歩いてきます。次には王家の子供たちです。十人いました。お子たちは二人ひと組、手に手をとって楽しそうに、はねながらやってきましたが、みなハートの飾りをまとっています。その次はほとんどがキングたち、クィーンたちでしたが、アリスはその中にホワイト・ラビット氏の姿をみとめました。うさぎは神経質そうに気ぜわしいしゃべり方で、何を言われても微笑《えみ》を浮かべ、アリスに気づくこともなく通りすぎていきました。それからハートのジャック。緋色《ひいろ》のビロードのクッションにのせた王冠をはこんでいます。そしてこの大行列のしんがりがつまりは**ハートのキングとクィーンその人**でありました。

アリスは三人の園丁と同じように平身低頭しないでもいいものかどうか考えましたが、行列のそういうきまりのことなど一度も聞いたことがありませんでした。「それによ、行列が何になるんだろう。もしもよ」とアリスは考えます、「人々がみんな顔を伏せないといけないとしたら、行列を見られないわけじゃないこと?」そこでアリスはその場に立ったまま待つことにしました。

行列がアリスの正面に来ると、みな立ちどまってアリスを見、そしてクィーンがきびしく言いました。「これはだれなのじゃ」クィーンはジャックに聞いたのですが、ジャックは頭をさげ、微笑で答えるばかりでした。

「あほうが！」と、クィーンはいらついて頭をつんとそらすと、アリスに向かって続けました。「子供よ、そち、名はなんと申す」

「アリスと申します、陛下」と、アリスはとても丁重に言いましたが、「でも結局はただのトランプ・カードじゃないの。おそれることなんてない！」と、これは内心考えたことです。

「で、こやつらはだれじゃ」と、バラの木のまわりに平伏している三人の園丁を指して、クィーンが言いました。だってね、三人とも顔を伏せているし、背中の模様は他のトランプ札と同じなので、園丁なのか兵士なのか、あるいは廷臣なのか、みずからのお子たちなのか、クィーンにはわからないのです。

「どうしてわたしが知っているのでしょう」とアリス。自分の勇気に自分でもびっくりしながら答えます。「わたしの知ったことではありません」

クィーンは怒りで真っ赤になり、ちょっとアリスを獣のような目でにらみつ

123　クィーンのクローケー場

けていましたが、叫びはじめました。「首を切れっ！　この者の首を――」

「ばっかばかしい！」と、アリスが大きな声ではっきり言いますと、クィーンは黙ってしまいました。

キングがクィーンの腕に手を置いて、おずおずと「ねえ奥や、考えてもごらん、ほんの子供じゃないか！」と言いました。

クィーンは怒りの顔をキングからそむけるとジャックに向かって「きゃつらをひっくり返せ！」と命じました。

ジャックは片足でとても慎重にそうします。

「立つのじゃ！」鋭い大きな声でクィーンが言うと、三人の園丁はたちまちとびあがり、キングとクィーンと王家のお子たちと他のだれかれとなしにペコペコしはじめました。

「やめよ！」とクィーン。「おまえらには頭がくらくらする」そしてあのバラの木を見て続けました。「いままでここで何をしておった？」

「おそれながら陛下」と、とてもへりくだった声で言ったのはツー。片膝《かたひざ》をつくと続けました。「われらなんとしてでも――」

「わらわ、知っておる！」しばらくバラをしらべていたクィーンが言います。「首切れっ！」そして行列は三人の兵士を残して行ってしまいました。兵士たちは園丁たちの首を切るはずだったのですが、園丁たちは守ってもらいたくてアリスのところに走り寄ってきました。

「首、切らせたりするものですか！」とアリス。近くにあった大きな鉢にさっそく三人をおしこみます。三人の兵士は園丁たちをさがして少しの間あたりをうろうろしていましたが、あとの連中を追

って静かに去っていきました。

「首は切ったかいの？」クィーンが叫びます。

「消えてなくなってございます、陛下」兵士たちも叫んでそう答えました。

「よろしい！」大声でクィーン。「そち、クローケーはできるかい？」

兵士たちは何も言わずにアリスの方を見るのですが、たずねられているのがまちがいなくアリスだったからです。

「できます」アリスが叫びます。

「では、いざっ！」クィーンがほえます。アリスはこれからどうなるか、わくわくしながら行列に加わりました。

「ごきげんよう！」横でおずおずした声がしました。ホワイト・ラビット氏が横を歩いていたのですが、心配そうにアリスの顔をのぞきこんでおりました。

「こんにちは」とアリス。「女公爵はどこ？」

「だめ、だめっ！」うさぎはあわてて低い声で言います。言いながら肩ごしにきょろきょろしてから、つま先立ちし、口をアリスの耳に近づけると小声で言いました。「死罪ということになっているんだ」

「なんで、そうなの？」とアリス。

「『なんてかわいそう』だって？」とうさぎが聞きます。

「ちがうわよ」とアリス。「かわいそうなんて全然思わない。『なんで、そうなったの？』って言ったの」

「クィーンの耳をぶったんだが――」と、うさぎがはじめると、アリスはおかしくてちいさな笑い声をたてました。「これ、静かに！」うさぎはびくびくして小声で言いました。「クィーンの耳に入っちまう！　ま、やってくるのがおそくてね、それでクィーンが言うには――」

「持ち場につきやれ！」かみなりのような大声でクィーンが叫びました。だれもがころびまろびつ四方八方に走りだします。少しするとみな位置につき、そして競技がはじまりました。

アリスはいままでこんな妙なクローケー場を一度も見たことがありません。いたるところにうね、そしてみぞばかり、生きたハリネズミが球、生きたフラミンゴが槌《つち》で、兵士隊が体を折り曲げて四つんばいになると、それが柱門というわけなのでした。

アリスがまずむずかしく思ったのはフラミンゴの扱い方でした。鳥の体を、

足が出るよう、とてもいいぐあいに抱きかかえたまではよかったのですが、大体はその首をまっすぐにさせ、その頭でハリネズミを打とうとすると、ぐるっと首を曲げてきて、とても困った顔をしてアリスを見るものですから、アリスも吹きださないではいられませんでした。頭をさげさせてやり直そうとすると、今度はハリネズミが丸まっているのをやめて、逃げだそうとしているというぐあいで、大変。さらに、ハリネズミをころがそうとするといつだってうねかみぞがじゃまでしたし、体を折り曲げている兵士たちはいつだって立ちあがって、競技場の他のところに歩いて行ってしまうから大変なのです。アリスはすぐにこれはけっこうむずかしいゲームだと思い知らされました。

みな勝手に、相手の番なんか待たずにやるので、ずっと口論しながら、ハリネズミの奪い合いです。クィーンはすぐに怒りだし、地団駄《じだんだ》を踏みながら、「こいつめの首切れっ！」「あやつの首はねろっ！」と一分に一度叫びます。

アリスもとてもびくびくしていました。いまのところはクィーンと一度も言い合いになっていませんでしたが、いつなんどきはじまるものやら。「そしたら」とアリスは思いました、「わたし、どうなっちゃうんだろう？　人の首切るの、ほんともう趣味みたいなんだもの。生き残ってるのがふしぎのようなものだわよ！」

どこか逃げだす道はないものか、見とがめられないでどうやれば逃げだせるか、あたりをきょろきょろしていると、空中にひとつ奇妙なものが現れてきました。はじめはアリスもとてもびっくりしましたが、少し見ていると、にやにや笑いとわかり、アリスはひとりごとを言いました。「チェシャー・キャットね。これで話し相手ができるわ」

「ごきげんさん」と、しゃべることができるくらい口が現れると、すぐ猫は言いました。

目が出てくるまで待って、うなずくアリス。「耳が、片っぽでも出てこないうちは」とアリスは思います、「話しかけてもむだね」すぐ首から上の全部が現れましたので、アリスはフラミンゴを下に置くと、競技の話をはじめましたが、聞いてくれる相手がいるってほんとうに嬉しいことなんだね。猫は見えていいところはすべて出したと思ったものか、それ以上の部分はもう現れませんでした。

「ちゃんとした競技じゃあないのよ」と、アリスはとても不満そうに言いました。「口論がひどくてね、自分が何を言ってるのかもわからないくらい――特別なルールが何かあるようでもないし、あったとしてもだれも守りやしないみたい――第一、何もかも生きものだから大変なのよ。たとえば次にくぐらせなくちゃいけない柱門が歩いて競技場の反対側へ行ってしまうし――さあ、クィーンのハリネズミをはじきとばさないといけないというところで、わたしのハリネズミが来るのを見てすたこら逃げちゃったし」

「クィーンはどうだね？」猫は声低く言います。

「好きじゃないわね」とアリス。「とにかくクィーンが絶対に――」と、そこでクィーンがすぐ後ろに来て聞いているのをアリスは知って、「勝つのまちがいないから、終わりまでやっても仕方がないくらい」

クィーンは微笑を浮かべて向こうに行き

ます。

「そうやって、だれに話しかけておる？」

アリスのそばにやって来て、猫の首をとても面白そうにながめながら言ったのはキングでした。

「お友だちでチェシャーの猫さんです」とアリス。「御紹介いたします」

「どうも見かけが気に入らんな」とキング。「じゃが、朕《ちん》の手にキスを許すぞ」

「けっこうです」と猫。

「どうもぶしつけなやつだの」とキング。「そうじろじろと、猫が王を見るな！」

言いながらキングはアリスの後ろへ回ります。

「猫ヨク王ヲ見能《アト》ウ」とアリス。「ことわざの本だかで見ましたけど、どの本だったかは忘れました」

「いずれにせよ、退《の》かせなければ」と、キングは決然と言いますと、たまたま通りがかったクィーンに声をかけて、「奥や、この猫を退かしてくれんかの！」

クィーンは問題の大小にかかわらず、解決法はいつだってひとつだけ。「首切れっ！」まわりを見さえしないで、こう言いました。

「死刑執行役は朕がつれてこよう」語気強くそう言うと、キングはあわてて立ち去りました。

アリスもここらで戻って、競技の進行を見るべきかと思いましたが、クィーンの怒りにまかせた叫び声が遠くでしておりました。順番をまちがえたかどで、三人がクィーンに死刑宣告をうけるのもすでに聞こえておりましたし、アリスにはなりゆきがすべて気に入りませんでした。競技はてんやわんやで、アリスは自分の番かどうかもすっかりわかりませんでした。とにかく自分のハリネズミをさがしに行きました。

ハリネズミは別のハリネズミとけんかの最中で、これはアリスにしてみれば片方をもう片方ではじきとばす絶好のチャンスでしたが、残念、フラミンゴが庭の向こう側に行ってしまっており、アリスはそこでフラミンゴが木にとびあがろうとして、むだとしか思えぬ努力をしているのを見ました。

フラミンゴをつかまえて戻ってきた時、競技は終わっており、ハリネズミたちの姿も見えませんでした。「ま、どっちだっていいわ」とアリス。「だって柱門が全部、こちら側からは消えてなくなっているのだもの」そこでアリスはフラミンゴがまた逃げないようにしっかり腕に抱えると、戻って、お友だちともう少し話をしようと思いました。

　チェシャー・キャットのところに戻ったアリスは、すごい人だかりがしているのにびっくりしました。死刑執行吏とキング、クィーンの間で言い合いがはじまっていました。三人は一度に声をはりあげ、その間、他の者たちはひとことも発せず、とても気まずそうでした。

　アリスの姿を見るや、三人が三人ともアリスに問題解決をうったえ、自分たちの言い分を、また一斉にしゃべりたてるのですが、アリスには、どう理解してよいものか、ひどく難問だったのです。

　執行吏の言うには、首を切ろうにも、首を切りはなす相手たる体がない以上、無体な話である。かつてそんなことをせねばならなかったためしはない、自分がその先例になるのはごめんこうむるというものでした。

　キングの言い分は、ともかくも首はあるのだからそれを切ることは可能であろう、ばかなことを言うのは許さぬというものでした。

　クィーンの言い分はこうです。この件について即刻しかるべき手が下されぬ場合は処刑する、だれであろうと（この最後の言葉はいあわせた者みなを息苦しく、心配な気持ちにさせました）。

アリスに言えたのは「女公爵の猫なのですから、女公爵にお聞きになってみるのが一番でしょう」ということだけでした。

「いま、牢屋だ」クィーンが執行吏に言います。「あの者をここに引きたてよ」

執行吏は矢のように姿を消しました。

執行吏が立ち去るとすぐ、猫の首は消えはじめましたが、女公爵が引きたてられてきた時にはもうすっかり見えなくなっていました。キングと執行吏が猫をさがして走り回っているかたわら、一同の残りの者たちは競技に戻っていきました。

IX まがいタートルの物語

「古いなじみのおまえに会えてどんなに嬉しいか、わかるまいの！」女公爵はそう言うとなつかしげに腕をアリスの腕にからませてきました。二人は一緒に歩いて行きます。

女公爵のきげんがよいのでアリスはほんとうにほっとしました。厨房《ちゅうぼう》で会った時あんなに乱暴だったのは胡椒《こしょう》がいけなかったのだろうと、アリスはひそかに思いました。

「実際に女公爵になれるとしても」とアリスはひとりごとを言います（ま、なりたくないという口ぶりでしたが）、「厨房に胡椒は絶対に置かないわ。胡椒なしでもスープはおいしいのよ――胡椒が人を辛口の人にする」と続けるアリスは、新しい法則かなんか見つけて喜んでいるみたいです。「酢《す》は人を意地悪にするし――カミツレは人を苦《にが》くし――そして大麦糖とかそういったもので子供たちの心はやさしく甘やかになる。大人がこのことをわかってくれて、けちけち出しおしみしないようにしてくれればねえ。でしょ――」

そう、この時アリスは女公爵のことをすっかり忘れていましたから、耳のごく近くで女公爵の声が聞こえた時、ちょっとびっくりしました。「お嬢ちゃん、何か考えごとをしているようね、それでおしゃべりの方がお留守《るす》だ。このことの教訓は何か、いま思いつかないけど、すぐ言うてしんぜよう」

「多分、そういうの、ないのよ」アリスは思いきって言ってみます。

「ちぇっ！　ちぇっ！」と女公爵は舌打ちします。「教訓のないものなんか、ないぞ。見つけようとさえ思えばの」そう言いながら女公爵はアリスにもっと体を押しつけてきます。

アリスは互いの体がこんなに近づくのはいやでした。それくらい女公爵がひどく醜かったからですし、もうひとつ、女公爵のあごがちょうどアリスの肩にのせられる背丈《せたけ》だったこともあります。尖《とが》りあごが痛いのです。でも言うのは失礼だと思って、できるだけ我慢をしていました。

「試合は大分調子よくなってきたようですよ」と、会話がとぎれないようにアリスが言います。

「そのようじゃ」と女公爵。「このことの教訓は『おお、愛が、愛こそが世界を回す』かの！」

「だれかもそう言ってました」とアリスが小声で言います。「みなが他人のことに口出さねば、そうなるはず、って！」

「そうじゃとも！　同じこと言うておる」と、尖りあごをアリスの肩にもっときつく押しつけながら女公爵は言うと、加えて「このことの教訓は——『意味に意を用いよ、さらば音はみずから立たん』かの」

「ほんとに何にでも教訓みっけるのね」と、アリスはひとりごとを言いました。

「なぜわしがおまえの腰に腕を回さないかと考えているだろう」と、一息置いてから女公爵が言いました。「それはな、あんたのフラミンゴちゃんのごきげんがどうか、わからんからじゃ。やってみてよいかの？」

「つつくかもしれませんことよ」やってみられてもいやなアリス、そう警告のつもりで言います。

「まさしくそうじゃな」と女公爵。「フラミンゴも辛子《からし》もつんつんくる。このことの教訓――『羽同じ鳥はつどうもの』」

「でも辛子は鳥じゃないですよ」アリスは答えます。

「またもや正解」と女公爵。「おまえ実に正しくものごとを見るのお！」

「鉱物だと思います」とアリス。

「その通りじゃ」アリスが何を言っても正しいと言おうとしているふうな女公爵が言います。「近所に辛子掘る鉱山がある。このことの教訓は――『わしに好物がふえるにつれ、おまえのは減る』かの」

「そうだわ！」相手の最後の言葉を聞かぬふりをして、アリスが言います。「それ、植物ですよ。そうは見えませんけど、そうなんです」

「その通りじゃ」と女公爵。「そしてこのことの教訓は――『汝、見てくれ通りになるべし』――というか、もっと簡潔に言うとだな、『それまで汝のあったところが、彼らにはそうでないと見えたかも知れぬより他のものでなかったと他人に見えるかも知れぬところより他の何かたると汝自身を見ることなかれ』」

「書いてもらった方が」とアリスはとても丁重に言いました、「よくわかると思います。口で言われるだけでは、あんまりよくわかりません」

「その気になったらもっと言えたはずのところに比べれば、こんなものなんでもない」気をよくしたのか、女公爵は自慢げです。

「御迷惑でしょうから、どうかこれ以上長くはされないでくださいな」とアリス。

「御迷惑なんかであるものか！」と女公爵。「わしの口をつく一切合財《がっさい》、あんたへのプレゼントさ」

「なんて安手なプレゼント！」とアリスは内心思いました。「こんなの誕生日におくられてもねえ！」もちろん口に出しては言いません。

「また考えごとかい？」ちいさな尖りあごでまたぐりぐりしながら女公爵がたずねます。

「わたしにだって考える権利くらいあるわ」とアリスがきつい口調で言いました。少々うるさいと感じだしていたのです。

「ブタにも空を飛ぶ」と女公爵、「同じような権利があってな、そしてこのことのきょう――」

この時です。お得意の「教訓」という言葉が出てこようとするところで女公爵が言葉をのみましたから、アリスはとてもふしぎに思いました。そして互いにとり合っていた腕からふるえが伝わってきたのです。アリスが目をあげると、二人の真ん前に、腕組みをし、嵐のような渋面《しぶづら》を浮かべたクィーンが立っておりました。

「ごきげんうるわしく、陛下」と、か細い低い声で女公爵が言いました。

「きっぱり言うておく」地団駄を踏みながらクィーンが叫びます。「おまえか、おまえの頭のどちらかが消えてなくなるのだ、いますぐに！　どちらか選べ」

女公爵は片っぽを選ぶと、あっという間に消えてなくなりました。
「試合続けようぞ」と、クィーンがアリスに言いました。アリスはこわくて何も言えませんでしたが、おもむろにクィーンに従ってクローケー場に戻りました。

他の客たちはクィーンがいないことをよいことに木陰《こかげ》でくつろいでいたのですが、クィーンが来るのが目に入るやいそいで競技に戻り、クィーンはひたすら少しでも遅れると命にかかわるぞと叫び続けました。

試合じゅうクィーン

はずっと、他の競技者たちと口論しては、「首切れ」「首を切れ」と叫び続けていました。首切り宣告をうけた者たちは兵士たちに捕らえられるのですが、そのために兵士たちは柱門の役をやめるわけですから、半時かそこらたつ頃にはひとつの柱門もなくなっているし、拘束されず刑の宣告もうけていない競技者はキング、クィーン、そしてアリスの三人だけというありさまになりました。

やがてクィーンも息がきれてクローケーをやめますと、アリスに「おまえ、まがいタートルに会ったこと、あるかい?」と聞きました。

「ありません」とアリス。「第一、そのまがいタートルってなんですか」

「まがいタートル・スープの材料にきまっておろう」とクィーン。

「見たことも聞いたこともありません」とアリス。

「さあさっ、行ってみよう」とクィーン。「きゃつにきゃつの身上話をさせよう」

一緒に行く道すがらにアリスはキングが低い声で、そこいらに向かって、「みな赦免《しゃめん》だ」と言っているのを耳にしました。アリスは「そうよ、そうこなくっちゃ!」とひとりごとを言いました。クィーンの命じる死刑の数があんまり多いものですから、ほんとうにどうなるものか心配していたのです。

すぐに日なたで眠りこけているグリフォンが目に入りました（グリフォンが何か知らないきみはぜひ絵をごらんください）。「起きるのじゃ、怠け者！」とクィーン。「この娘御を案内《あない》してまがいタートルに会わせて、きゃつの身上話を聞かせてやるのじゃ。わしは戻って、ちゃんと首切りをやっているか見てこねばならん」クィーンが去るとアリスはグリフォンと二人きり残されました。アリスはこの相手の姿があんまり好きでなかったのですが、怒ってばかりのクィーンと一緒に行くのだって危険はおんなじだものね。そこで、ア

リスは待っていることにしたのでした。

　グリフォンは起きあがると、目をこすりました。そしてクィーンの姿が見えなくなるのを待ってくっくっと笑い声をあげました。「ほんと、おっかしいよな！」と半ばひとりごと、半ばアリスに向けるように言います。

「何がおかしいの？」とアリス。

「何がって、あの女さ」とグリフォン。「みんな、あの女の妄想さ。首ひとつだって飛んじゃいないんだよ。さあさっ！」

「ここではだれもが『さあさっ』ってばかりね」ゆっくりついて行きながら、アリスは思いました。「いままでこんなに人からいろいろ命令されたこと、ないわよね！」

　それほどたたないうち、ちいさな岩を台にして孤独で悲しそうにすわっているまがいタートルの姿が遠くに見えてきました。近づくにつれてアリスには相手が心つぶれるようにため息をついているのが聞こえてきました。アリスは深く同情します。「何がつらいんでしょう？」とグリフォンにたずねてみます。するとグリフォンは前とほとんどおんなじ言葉で答えました。「きゃつの妄想さ。悲しいことなんかありゃしないんだよ。さぁさっ！」

　そこでまがいタートルの方に行くと、相手は涙をいっぱい浮かべた大きな目でこちらを見ていましたが、何も言いませんでした。

「ここな嬢ちゃんがな」とグリフォン、「あんたの身上話を聞きたいんだと」

「お話しましょう」と、深いうつろな声で亀は言いました。「お二人ともすわってください。終わるまでは黙っていること」

　そこですわって、しばらくだれも口をききませんでした。「終わるまでとか言ったって、はじめなきゃ終わりなんて絶対ない」と思いながらも、アリスはじっと待ち続けました。

「その昔」やっとまがいタートルが深いため息とともに口をひらきました。「ぼくはほんとうの亀だった」

　それから長い沈黙が続きました。それを破るのはグリフォンの口から出る「ヒックルルー！」という音と、まがいタートルの重く続くむせび泣きばかりでした。アリスは立ちあがって「面白いお話、どうもありがとう」と言いそうになっていましたが、もっと何かないとおかしいと思うよりなかったので、何も言わずにずっと静かにすわっていました。

「ちいさかった頃のこと」と、まがいタートルが続けます。前よりおだやかですが、やはり時々はむせび泣きです。「海の学校に行ってたんだ。先生は年寄りの海亀だったが、うちら『よくカメ先生』と呼んでた――」

「『よく亀』なんて亀いないのに、どうしてそんな呼び方をしたんです?」

アリスがたずねました。

「よく咀嚼《そしゃく》、が口ぐせだったからさ」

怒った声でまがいタートルが言いました。「ほんとにどこまでばかなんだ!」

「そんな簡単なこと聞くなんてなんて恥さらしだ」とグリフォンも追いうちをかけます。そしてともに黙って、かわいそうに穴があったら入りたいような気持ちでいたアリスをじっとながめていますやっとグリフォンがまがいタートルに向かって「さき行けよ、このっ！　一日中そこでじくじくやってんのか！」と言いました。こうして次のように話は続きました。

「うちら海の学校に行ってたんだ。あんた、信じないようだがね――」

「そんなこと言ってません」アリスは割って入ります。

「言ったよ」とまがいタートル。

「うるさくしないこと！」アリスが何か言う前にグリフォンが言いました。まがいタートルは続けます。

「うちら、いい教育うけたんだ。ほんと、毎日学校に通ったんだ」

「わたしだってかよってたわ。全日制の学校よ」とアリス。「そんなことでいばってもだめ」

「課外はあったかい？」ちょっと心配そうにまがいタートルがたずねます。

「あったわ」とアリス。「フランス語と音楽ね」

「せんたく科目は？」とまがいタートル。

「そんなの、ありません」アリスが怒って言いました。

「ほらな！　いい学校じゃなかったんだ」と、すっかりほっとしたというように、まがいタートルは言いました。「うちらのとこでは料金表の最後に『フランス語、音楽そしてせんたく——課外料金』と出てたもんだよ」

「洗濯なんて必要とは思わないけど」とアリス。「だって海の底で暮らしてるんでしょ」

「勉強する余裕がなかった」ため息まじりにまがいタートルが言いました。「正課がやっとだったんだ」

「それってどういうんです？」アリスがたずねます。

「もちろん第一は酔み掻《か》き。それからお算用の加減乗除——抱け大志算、気を惹き算、美欠け算に罵詈《ばり》算だ」

「『びかけ算』なんていうのはじめて」アリスは思いきって聞きます。「どういうものですか？」

グリフォンがびっくりして両手をあげます。「『美欠く』を知らんとは！」と叫びました。「美学は知ってるよなあ？」

「知ってます」とアリス、ちょっとあやしげ。「つまり――いろんなものを――きれいに――する――こと」

「ふうむ」とグリフォン、「それでいて『美欠く』がわからないたぁ、よっぽどのばかだな」

アリスはさらに質問する気がなくなってしまいましたから、まがいタートルに向かって「他にどういうこと勉強しなくちゃいけなかったんです？」と言いました。

「そうだなあ、歴秘かな」まがいタートルはひれで科目を数えながら答えます――「古代も現代も海の歴秘はなぞが深いし、海理学、それから尾術《びじゅつ》もこみだ――週にいっぺん来た絵の先生が年寄りのアナゴだから尾術なのさ。教えるのはくねくね式線描、のらくらふう速筆、そして回転悶絶流のりのり脂《あぶら》絵」

「そのびじゅつっていうのどうやるの？」とアリス。

「ううむ、いま自分で見せてあげるというのは無理だ」とまがいタートル。「こうからだ堅くなっちまっちゃあね。グリフォンは習ってさえいないし」

「暇がなかった」とグリフォン。「古典語の先生のところへ行かなきゃならなかったんだ。こっちの先生は年寄りのカニだった」

「ぼくは行かなかった」ため息まじりにまがいタートルが言いました。「笑ッテンとグリイ苦の二語を教えてる、っていううわさだった」

「そう、それだ」と今度はグリフォンがため息、そしてともに手で顔をおおってしまいました。

「で、一日何時間の勉強だったの?」いそいで話題を変えようと、アリスが言いました。

「一日目が十時間」とまがいタートル。「翌日が九時間、って、以下そんなぐあいだ」

「変なやり方!」アリスがびっくりして言いました。

「へりくつを教わっていたわけ」とグリフォン。「日を追って減っていくりくつだ」

はじめて聞くやり方だったので、ちょっと考えてから、アリスは再び口をききました。「じゃあ十一日目はお休み?」

「そういうこと」とまがいタートル。

「それじゃ十二日目は？」アリスは熱心に続けます。

「勉強の話、もういいよ」グリフォンが強い口調で割って入りました。「今度はお遊戯の話をどうだい」

X
エビのカドリール

まがいタートルは大きなため息をつくと、ひれの甲《こう》で涙をぬぐいました。アリスを見て何か言おうとするのですが、しばらくはすすり泣きで声になりません。「要するにのどに骨がつかえたのとおんなじだ」とグリフォンは言って、相手をゆすったり、背中を叩いたりしはじめました。やっとまがいタートルに声が戻りますと、頬に涙をつたわせながらまがいタートルは言葉を続けました。

「海の中に長く暮らしたことなんて、ないにちがいないね――」(「ありません」とアリス)「だからエビに紹介されたことさえないだろう――」(「一度たべ――」とまで口に出しかかって、あわてて言いやめ、「ないない、ありません」

とアリスは言いました）「してみるとエビのカドリールがどんなに楽しいかも御存知ないわけだ！」

「知りません」とアリス。「一体どんなダンスですの？」

「そうだな」とグリフォン、「まず岸に沿って列をつくって――」

「二列つくる！」とまがいタートル。「あざらし、海亀、鮭、とかでね。それから進路のクラゲを全部取っぱらい――」

「そいつが大体、ずい

ぶん暇をとる」グリフォンが割って入ります。

「——二度前へ——」

「一回に一エビがパートナーだ！」とグリフォンが大声で叫びます。

「もちろんさ」とまがいタートル。「二度前へ、パートナーつきで——」

「——エビを交換、同じ順で引き返す」グリフォンが続けます。

「それからはね」まがいタートルも続けて、「投げるのは——」

「エビたちだ！」空中にとびあがりながら、グリフォンが叫びます。

「海へ、できるだけ遠く——」

「エビを追って泳ぐ！」グリフォンが叫びます。

「海の中で一回転！」そこらじゅうはねまわりながら叫ぶのはまがいタートル。

「またエビの交換！」声を限りにグリフォンが叫びます。

「それから岸に戻って、それから——というか、これで第一踊りが全部」突然声を落とすと、まがいタートルが言い、双方ともずっと狂ったようにとびはねていたのが、悲しげに静かにすわり直すと、アリスを見ました。

「とってもいいダンスみたいですね」おずおずとアリスが言いました。

「ちょっとだけ見てみたいかい？」とまがいタートル。

「ええ、とっても」とアリス。

「それじゃ、第一踊りだ！」まがいタートルがグリフォンに言います。「エビ抜きでもできるさ。だろ。どっちが歌だい？」

「ああ、そっちが歌え」とグリフォン。「こっちは文句、おぼえてない」

そこで双方、アリスのまわりをぐるぐる、きまじめに踊りはじめましたが、時々近くに寄りすぎてはアリスの足指をふんづけ、前足をふって拍子をとる一方で、まがいタートルがゆっくり、悲しそうに歌いました——

「もうちょい、早く進めんか」ニシンがカタツムリに言いました、
「うしろにイルカくっついて、おっぽさんざん踏みやがら。
エビとカメが前に出る、みんな元気さ、
ずっと砂利の浜で待っている——来て踊りに入らんか？
　入るか入らんか、入るか入らんか、ダンスに入らんか？
　入るか入らんか、入るか入らんか、ダンスに入らんか？」

「わかるまいね、ほんとにどんなに楽しいか、
もちあげられて投げられる、エビと一緒だ、大海だ」
カタツムリ、「遠すぎ、遠すぎ！」と答えて、じろり、
ニシンにありがと言いながら、踊りにゃ入りたがらない。
　入らない入れない、入らない入れない、ダンスにゃ入らない。
　入らない入れない、入らない入れない、ダンスにゃ入れない。

「どれほど遠いかが何なんだ」うろこの友が答えます。
「むこうにだって、ねえおまえ、別の岸が待っている、
イングランド遠くなりゃ、それだけ近いぞ、フランスが、
びくびくするなよカタツムリ、さあダンスに入らんか？
入るか入らんか、入るか入らんか、ダンスに入らんか？
入るか入らんか、入るか入らんか、ダンスに入らんか？」

「ありがとう、とても楽しいダンスね」やっと終わってくれて助かったと思いながら、アリスは言いました。「ニシンの変な歌もとっても気に入ったわ！」

「ああ、ニシンか」とまがいタートル。「きゃつらは——というか、見たことあるんだろ？」

「ええ」とアリス、「いつも夕ごは——」と、あわてて言葉を切ります。

「ゆうごはって何かわからんが、いつも見てたんなら、どんなかはもちろんわかってるよね？」

「わかっています」考えながら、アリスが答えます。「しっぽを口にくわえて――からだじゅう粉だらけよ」

「粉だらけっていうのはちがうね」とまがいタートル。「海の中じゃ粉なんかみんな流れちゃうだろ。しっぽが口にというのは当たりだ。そのわけはね――」ここでまがいタートルはあくびをし、目をつむりました。「わけとかなんか、そっちからこの子に話してくれよ」とグリフォンに言いました。

「エビぞりのわけはな」とグリフォン、「エビと一緒にダンスをするからさ。そうなりゃ海の方に投げられる。そうなりゃ長い間落ちることになる。そうなりゃ尾をしっかり口にくわえることになる。ところが元には戻せない。こういうわけだ」

「どうも」とアリス、「面白い話だわ。ニシンのこといままでほとんど知らなかった」

「気に入りなら、もっと教えてやってもいいぞ」とグリフォン。「なんでニシンっていうか知ってるかい？」

「考えたこともないです」とアリス。「どうしてなんです？」

「靴をやるんだ」とてもおごそかにグリフォンが答えます。

アリスにはわけがわかりません。「靴をやるんですか！」ふしぎでたまらないという口調でアリスが繰り返します。

「おまえの靴、なんでやるんだ？」とグリフォン。「なんで靴をぴかぴかにするんだい？」

アリスは目を落として靴を見て、ちょっと考えると答えました。「靴みがきでやります」

「海の中の靴は」深い声でグリフォンが続けます、「ミガキニシンでやる。それだけのことさ」

「その靴ってなんでできてるんですか？」アリスは興味しんしんです。

「底はシタビラメ、かかとはおかかさ、むろん」グリフォンがいらいらした口調で答えます。「どんながきエビでも知ってらい」

「もしわたしがニシンだったら」と、まだ歌のことを考えていたアリスが言いました、「イルカに向かって『もっと後ろにいてよ！　あなた、一緒に来ないでよ！』と言ってやるわ」

「必ずなきゃいけない相手なんだ」とまがいタートルが言いました。「いるかいらないかなんて言ってるようじゃ、どこにも行けやしない」

「ほんとうにどこにも行けないの？」びっくりして、アリスが言います。

「むろん行けない」とまがいタートル。「魚がぼくのところに来て旅に出たいと言えば、ぼくは言うね、『それ、ほんとうにいるか？』ってね」

「『要《い》るか』ってことね？」とアリス。

「二度は言わん」怒った声でまがいタートルが答えました。それからグリフォンが「さあ、今度はそっちの物語、聞かせろよ」と言い足しました。

「わたしの話は――今朝からのお話よ」と、ちょっとおずおずとアリスは言います。「昨日からっていってもだめなの、昨日のわたし、わたしじゃないから」

「説明してごらん、みんな」とまがいタートル。

「だめ、だめ！　物語が先」と、いらいらした声でグリフォンが言います。「説明はむちゃくちゃ時間とる」

そこでアリスは白うさぎを見かけたところから話しはじめました。アリスははじめ少し窮屈《きゅうくつ》でした。ふたつの生きものがそれぞれの側からひどく体を寄せ、目と口を大きく、、、ひらいていたからです。アリスは話しながら元気が出てきて、『おいぼれじゃん、ウィリアムおやじ』をイモムシに向かって復唱するあたりで、聞き手たちはまったく静かになりました。復唱した歌の文句がまるでちがった話ですが、まがいタートルはひとつ大きな息をついてから、「ほんに妙な歌だ！」と言いました。

「これ以上ありえないくらい妙だ」とグリフォン。

「まるで別の歌じゃないか！」考えながら、まがいタートルが

繰り返しました。「別のをそらでやってもらいたいな。そうするように言ってくれよ」と言いながら、グリフォンの方を見ましたが、グリフォンが言うことならなんでもアリスが聞くと思っているみたいでした。

「立って、『怠け者の声がする』やってみろよ」とグリフォンが言いました。

「命令ばっかりして、おさらいまでさせるのね！」とアリス。「まるで学校にいるみたい」でもアリスは立ちあがって、復唱をはじめます。ところが頭の中はエビのカドリールのことでいっぱいで、自分がなんのおさらいをしているものやら上の空ですから、ほんとうに妙な歌になってしまいました。

エビの声がする、さて言うことにゃ、

「どうもこんがり焼きすぎだ。髪に砂糖まぶさにゃ」

アヒルがまぶたでやるように、エビはお鼻で
ベルトとボタンをととのえ、足の指はおっぴろげ。

砂が乾くと、エビはヒバリみたいに浮きうきし

サメみたいにばかにした声で話すのに、
しお満ちて、サメどもくるときに
その声一変、おずおずふるえる声に。

「わしが子供の頃やってたのとはちがう」とグリフォン。

「ぼくもいままで聞いたことない」とまがいタートル。「それにしてもちょっとないくらいばかばか詩だなぁ」

アリスはひとことも発せず、手で顔をおおったまますわっています。何もかも決してもと通りにならないのではないかと思えたのでしょう。

「説明してもらいたいね」とまがいタートル。

「できまいよ」と、あわててグリフォンが言います。「次のをやってみなよ」

「でも足の指はどうなんだい」まがいタートルもこだわります。「どうすりゃ鼻で足の指を広げられるって?」

「ダンスの最初の型だわ」アリスは言ったものの、何もかもがこんぐらがっていて、できれば話題を変えようと思っていました。

「次のをやってみなって」とグリフォンが繰り返し言いました。「『奴の庭を通りかかって』ではじまるの」

アリスはまた失敗するだけのことと思いながら、断るわけにもいかず、ふるえる声で続けます。

奴の庭を通りかかって、片目で見たが、
　フクロウとヒョウでパイを食べていた。
ヒョウはパイ皮とたれと肉をとって、
　フクロウのわけまえったらお皿だけ。
パイがぺろりといったとき、いい奴だ
　フクロウ、スプーンひとつもらおうとした、
したがヒョウ、うなりながらナイフとフォークとり、
　うたげの仕上げに――

「こ、こんなのおさらいして」と、まがいタートルが口をはさみます、「やりながら説明もないんじゃや、一体なんになるんだい。こんなこんぐらがったの、ぼく、はじめてだ！」

「たしかに。もうやめにしよう」とグリフォン。一番嬉しかったの、アリスかも。

「エビのカドリールのまた別の型、やってみせようか」とグリフォン。「それともまがいタートルが別の歌を聞かせるかい」

「歌の方をお願い。まがいタートルさんさえよかったら」アリスが力をこめて返事をしたものだから、グリフォンはすっかりつむじを曲げたらしく、「へん！　たで食《く》う虫もたあ、よく言ったもんだ！　おい、この子に『タートル・スープ』歌ってやれよ」

まがいタートルは大きなため息をつくと、すすり泣きで声をつまらせながら、歌いはじめました、こんなふうに――

すばらしいスープ、濃くて緑の
あっつい壺で待ってるよ！
こんなごちそう、いやがる誰がいる、
ゆうべのスープ、すばらしいスープ！
ゆうべのスープ、すばらしいスープ！
　すばーらしいスウーウプ！
　すばーらしいスウーウプ！
ゆーゆーゆうべのスウーウプ。
　すばらしい、すばらしいスープ！

すばらしいスープ！　魚なんかめじゃないぞ、
鶏だとか他のどんなごちそうも！
すばらしいスープ、ただの二ペンスの、
かえがたいさ、まさに何ものにも。
　すばーらしいスウーウプ！

すばーらしいスウーウプ！
ゆーゆーゆうべのスウーウプ。
すばらしい、すんば――**らしいスープ！**

「コーラス、もういっぺん！」とグリフォンは叫び、そしてまがいタートルが繰り返そうとしていた時、遠くで「裁判がはじまるぞ！」という大声がしました。

「さあさっ！」叫ぶなりグリフォンは、アリスの手をとると一目散、歌の終わるのなど待ってはいませんでした。

「なんの裁判なの？」アリスは走りながら、あえぎ声でたずねます。でもグリフォンは「さあさっ！」と言うだけで、もっと速く走りはじめました。後ろからの風にのって追ってくる悲しい言葉はしだいしだいに遠のいていくのでした。

ゆーゆーゆうべのスウーウプ
すばらしい、すばらしいスープ！

XI

だれがタルトを盗んだか

ハートのキングとクィーンは到着して王座にすわり、まわりには大変な頭数の者たち——あらゆる種類の小鳥や獣、それにトランプのあらゆるカード——がむらがっておりました。一同の前には鎖をつけられたジャックが立っていて、両側に警護の兵士がついています。キングのかたわらには片手にラッパ、片手に羊皮紙を持ったあのホワイト・ラビット氏がひかえています。法廷の真ん中にテーブルがひとつあり、その上にはタルトを盛りあげた大皿が置いてありました。タルトはとてもおいしそうでしたから、アリスは見ているだけでおなかがきゅうきゅういいました——「裁判早くおしまいにして」とアリスは思います、「おやつに配ってくれないものかしら！」そのようになりそうもないので、アリスは暇つぶしに、まわりじゅうのものをながめはじめました。

アリスはいままで裁判というものを見たことはありませんでしたが、本では読んで知っていましたから、そこのほとんどすべてのものの名がわかるのをとても嬉しいと思いました。「あれが判事ね」とひとりごと。「大きなかつらかぶってるもん」

ところで当の判事はキングでした。かつらの上に王冠をのせているものだから（どんな様子だったか知りたければ扉絵をごらんくださいな）、とても居心地が悪そうでしたし、たしかに似合ってもいませんでした。

「それから、こっちは陪審席ね」とアリスは思いました。「だからここにいる十二匹の生きものが」（「生きもの」なんて言ったわけわかるよね、動物だったり、鳥だったりしたからだ）「バイシンインというわけね」この言葉を二度三度口の中で言ってみましたが、とても誇らしく感じました。アリスは自分と同じくらいの年の少女でこの言葉の意味を知っている子なんかいるはずない、と思いました。たしかにそうでしょう。でも、「サイバンイン」と言ってもよかったはずです。

十二名の陪審員はみな忙しくスレート板に何か書きつけていました。「みんな何してるのかしら？」アリスは小声でグリフォンに聞きました。「裁判はじまってないし、書くことなんか何もないはずでしょ」

「きゃつら、自分の名前を書いてら」と、グリフォンが小声で言います。「裁判が終わる前に自分の名前を忘れるとまずいと思ってんだ」

「ばっかみたい！」アリスはあきれて大声を出しかけ、あわてて口をつぐみます。ホワイト・ラビット氏が「法廷内静粛に！」と叫び、キングが眼鏡をかけて、しゃべっているのはだれかと、心配そうにあたりを見回したからです。

その者たちの肩ごしに読みとれる限り、アリスは陪審員たちが、スレート板に「ばっかみたい！」と書き綴《つづ》るのを一目にし、さらに一人など「ばっか」の字が書けないので、となりに聞かねばならないでいるところを見ました。「スレート板はどれも、裁判が終わる前にはもうぐちゃぐちゃね！」とアリスは思いました。

陪審員のうちにきいきい音をたてる鉛筆を持っている者がいます。もちろんアリスもこの音に我慢できないので、後ろに回り、折りをみて、鉛筆をとりあげてしまいました。あまりにすばやくやったものですから、このかわいそうなちいさな陪審員（トカゲのビルです）は鉛筆がどうなってしまったのか、まったくわかりませんでした。で、さんざんさがし回ったあげく、その日の残りいっぱい、一本の指で書かねばならなくなりました。といってなんの役にも立ちません、指で書いたって何も書けやしません。

「先ぶれ役、訴状を読め！」とキング。

合点とホワイト・ラビット氏、三度ラッパを吹きならしてから羊皮紙の巻ものをほどいて、次のように読みあげました――

ハートのクィーン、タルトこさえられたり、
夏のひと日いっぱいかけて。
ハートのジャック、タルトを盗めり
それをいずくかに持ちさりて！

「評決答申」キングが陪審員たちに言います。

「まだです、まだです！」あわててホワイト・ラビット氏がさえぎります。「その前にいろいろやることが！」

「第一証人、喚問」とキング。ホワイト・ラビット氏はラッパを三度鳴らして、「第一の証人！」と呼ばわりました。

第一証人は帽子屋でした。帽子屋は片手にティーカップ、もう一方の手にバタつきパンの一片を持って入って来ました。「おおそれながら、陛下」と帽子屋ははじめます。「これら手にしたまま参りましたのも、呼びだされた時、なお茶が終わっておりませなんだもので」

「終えておるべきであったのう」とキング。「そも、いつはじめたのであるか？」

帽子屋は、彼のあとから、ネムリネズミと手に手をとってやって来た三月う

さぎを見ました。「三月十四日、と思われます」と帽子屋。

「十五だよ」三月うさぎ。

「十六」これはネムリネズミです。

「記録っ」と、キングが陪審員に言いました。陪審員たちはスレート板にこのみっつの日付を書くと、みっつ足し算をして、何シリング何ペンスという答えを出します。

「おぬしの帽子をとりやれ」キングが帽子屋に言います。

「わたしのものではござりません」と帽子屋。

「盗品だなっ！」キングが陪審に向かって大声で言いますと、陪審員たちはすぐ、この事実を記録します。

「売り物なんでございます」と、帽子屋は説明のために言い足しました。「わたしのものはありません。帽子屋なんです」

ここでクィーンが眼鏡をかけ、帽子屋をじいっと見つめはじめたので、帽子屋は血の気がうせて、すくみあがってしまいました。

「証言をいたせ」とキング。「びくびくするな、でないと即刻死刑ぞ」

これでは証人、元気が出るはずはありません。たえず、休む足を替えながら、心配そうにクィーンの方を見、大混乱の証拠にバタつきパンでなくティーカップのふちをひとかけ、大きくかじりとってしまいました。

この時です、アリスを変な感じがおそったのは。とても変な感じでしたが、やっとわかりました。また大きくなりはじめていたのです。はじめアリスは立ちあがって法廷を出て行こうと考えたのですが、考え直し、大きくなる隙間がある限り、いまいるまま、とどまろうと決めました。

「そんなに押すなよ」アリスのとなりにすわっていたネムリネズミが言いました。「息もできないじゃないか」

「仕方ないでしょ」と、アリスはとても申しわけなさそうに言いました、「大きくなっていくのは」

「ここで大きくなる権利、ないよ」とネムリネズミ。

「ばか言わないでよ」少しきつい口調でアリスが言います。「自分だって大きくなってるの、わかってる？」

「そりゃそうだけど、ぼくはゆっくりと大きくなってる」とネムリネズミ。「そんな変な大きくなり方じゃない」そう言うと、とてもむっとして立ちあがり、法廷の向こう側に行ってしまいました。

この間もクィーンはずっと帽子屋を見すえたままでしたが、ネムリネズミが法廷を向こうへ横切っていく時、法廷役人の一人にこう命じたのです。「この前のコンサートで歌った者の名簿を持ってきやれ！」これを聞いたかわいそうな帽子屋はふるえあがったそのあまり、靴が両方ともぬげてしまいました。

「証言いたせ」怒ってキングが繰り返します。「でないと、びくついておろうとおるまいと、ぬしは処刑ぞ」

「貧しい者にございます、陛下」と、帽子屋ははじめましたが、ふるえ声です。「茶をはじめられたのも──この一週間かそこらで──バタつきパンはひどくうすくなるやら、茶盆はちゃらちゃら光るやら──」

「何《ヽ》が《ヽ》ちゃらちゃらするじゃと？」とキング。

「それは茶ではじまったのでございます」帽子屋が答えます。

「ちゃらちゃらが、ちゃではじまるなど、わかりきったこと！」と、王が鋭い口調で言いました。「おのれ、朕《ちん》を愚弄《ぐろう》するか。まあよい、先、続けよ！」

「貧しい者にござります」帽子屋は続けて、「そのあとは何もかもがちゃらちゃらとして——ただ三月うさぎが申しますには——」

「言ってない！」大あわてで三月うさぎがさえぎります。

「言ったよ！」と帽子屋。

「否定します！」と三月うさぎ。

「こやつは否定しておる」とキング。「その部分、抹消じゃ」

「はい、ともかくもネムリネズミは申しました——」帽子屋は続けながら、この相手も否定しまいかと、不安そうにあたりを見回します。が、ネムリネズミは何も否定しません。ぐっすりと眠っていたからです。

「そのあと」帽子屋が続けます、「もっとたくさんのバタつきパンを切りまして——」

「ネムリネズミはなんて言ったのです?」陪審で聞く者がありました。

「それは思いだせません」と帽子屋は言いました。

「思いだせねばならぬ」とキング。「でなければ処刑じゃ」

あわれな帽子屋はティーカップもバタつきパンもとり落とすと、片膝《かたひざ》をつきます。そして「わたしは貧しい者でございます、陛下」とはじめました。

「たしかに語彙からして貧しい」とキング。

ここで一匹のテンジクネズミがきゃっきゃっと声をあげ、たちまち法廷役人たちにセイアッされてしまいました(かなりむつかしい言葉ですよね。どういうふうにするのか説明しておきましょう。役人たちは大きなズックの袋で、口をひもでしばるやつを持っていて、この袋の中へテンジクネズミを頭から放りこみ、袋の上にすわるんだ)。

「セイアッ見られて勉強になった」とアリスは思いました。「いつも新聞で、裁判の終わりによくあるって読んでたけれど、『喝采を試みんとする者あれど、廷吏《ていり》等により即刻制圧』とかね、いままでどういうことかわからなかった」

「それ以上のこと知らぬとあらば、さがってよい」キングが続けます。

「さがるって、これ以上に下へはちょっと」と帽子屋。「この通り、床におりますので」

「腰をおろせ」キングの答えです。

別のテンジクネズミがはしゃぎ、そしてセイアツされました。

「はは、これでテンジクネズミはもういないわね！」とアリスは思いました。

「進行、早くなるわ」

「茶を終わらせとう存じます」と帽子屋。不安そうにクィーンを見やれば、歌った者たちの名簿をながめています。

「行ってよい」とキング。帽子屋がいかにあわてて退廷していったものか、靴をはくことさえ忘れていたのです。

「――外でただちにあやつめの首を切れ」クィーンは役人の一人に言い足しました。が、帽子屋、役人が戸口に立つ時にはもうどこにも姿がありませんでした。

「次の証人を呼べ！」とキング。

次なる証人は女公爵の料理女でした。料理女は手に胡椒《こしょう》の箱を持っていて、法廷に姿を見せる前から戸口近くの者たちが一斉にくしゃみをしだしたので、だれが来るのか、アリスにはすぐわかりました。

「証言をいたせ」とキング。

「いたさねえ」と料理女。

キングは心配げにホワイト・ラビット氏の方を見やりますと、当のうさぎは低い声で「では陛下みずからこの証人を反対尋問されねばなりません」

「なるほど、ねばならんのなら、ねばなるまいの」キングの声はつらそうです。そして腕を組み、目がどこにあるか見えなくなりそうなまで料理女をにらみつけていましたが、深い声で「タルトはなんでつくるのか？」と言いました。

「大体が胡椒だべ」と料理女。

「糖蜜だよ」料理女の後ろで、眠そうな声がしました。

「そのねずみをつかまえろ！」クィーンが叫びます。「首を切れ！　法廷から

たたきだせ！　制圧しろ！　つねりあげろ！　ヒゲを切れっ！」

　何分かの間、法廷中てんやわんやでした。ネムリネズミをおっぽりだして一同が再び席についた時、料理女の姿はありませんでした。

「さもないわ！」大いにほっとしたという感じのキングが言いました。「次の証人を呼べ」そしてクィーンに向かって低い声で、「実のところは、おまえ、次の証人へのジンモンはおまえがやらねばならぬ。わしゃもう、頭が痛い！」

　アリスはホワイト・ラビット氏が名簿をいじくるのをながめながら、次の証人ってどんなだろうと興味しんしんでした。「——だって、大した証拠、まだないんだもの」とアリスはひとりごとを言いました。だからホワイト・ラビット氏があらん限り鋭い声をはりあげて呼ばわった時、アリスのうけた驚きを、みな、想像してくれるかい。

「アリス！」

XII

アリスの証言

「はあいっ！」と叫ぶアリス。この二、三分で自分がどれだけあっというほど大きくなっていたかをすっかり忘れていました。あわててとびあがったせいで、スカートのへりで引っかけた陪審員席をひっくり返し、中の陪審員たちを下の者たちの頭の上へぶちまけてしまっていました。そこでそれらの者たちがじたばたする様子は一週ほど前、アリスが失敗してひっくり返した金魚鉢にそっくり、とアリスは思いました。

「あら、ほんとにごめんなさい！」ほんとうに困ったという口調で大声を出しましたし、できる限りいそいで拾いあげようとしているところなど見ると、金

魚鉢のさわぎのことがまだしっかり頭に残っていて、一刻も早く陪審席へ拾いあげなければ死んでしまうのだという考えがなんとなく働いていたのにちがいありません。

「裁判は進められん」と、キングがとても重々しい口調で言いました、「陪審の全員が元の場所につかぬうちは――全員がじゃぞ」と、さらに口調を強めて繰り返します。そうしながら、キングはじっとアリスから目をはなしません。

アリスは陪審席に目をやりましたが、いそぐあまり例のトカゲを上下さかさまにつっこんでしまっていたことに気づきました。あわれな相手は身動きがとれず、悲しそうにしっぽをぱたぱたするばかり。アリスはすぐに相手を引っぱり出すと、頭を上にして置いてやりましたが、「別にどっちだっていいんだけれど」とひとりごと。「この裁判じゃ、どっちが上でどっちが下でもまるでおんなじようなものよ」

陪審員たちが、ひっくり返されたショックからちょっとばかり立ち直り、スレート板と鉛筆が見つかり各自に戻されるとすぐに、一同いまの事故のことをとても熱心に記録しだしたのですが、ただトカゲのみ例外でした。あまりにもびっくりしたらしく、ぽかんと口をあけてすわり、法廷の天井を見つめているばかりでした。

「この件について何を知っておる？」キングがアリスに言いました。

「なんにも」とアリス。

「まったくなんにもか？」キングはこだわります。

「まったくなんにも、です」とアリス。

「これ、非常に重要である」キングが陪審員たちに向かって言いました。陪審員たちがスレート板にそう記そうとしたところ、ホワイト・ラビット氏が口をはさみ、「むろん、陛下は重要ならずとおっしゃりたいのだ」と、とても敬意のこもった口調で言いました。言いながら、キングに向けてはなんとも渋い顔をしてみせました。

「むろん、重要でないと言いたかったのじゃ」キングはすぐそう言ったのですが、低いひとり声で「重要である――重要でない――重要でない――重要である――」と言っているところを見ると、どちらが耳に快いかしらべているという感じでした。

ある陪審員は「重要である」と書き、別の者は「重要でない」と記しました。アリスはスレート板をのぞきこめるくらい近くにいたので、この様子を見ていて、「別にどっちだっておんなじよ」と、ひとりごとを言いました。

この時、しばし忙しく帳面に何か書いていたキングが大声で「謹聴《きんちょう》っ！」と呼ばわり、帳面を読みあげて、「第四十二条。身の丈一マイル以上に及ぶ者はすべて法廷を去るべし」

だれもがアリスを見ます。

「わたしは一マイルもない」とアリス。

「あるぞ」とキング。

「ほとんど二マイルある」クィーンが言い足します。

「どっちにしろ、わたしは出て行かない」とアリス。「それにまともな法律じゃない。たったいま、こさえたのではなくって？」

「帳面では一番古い法じゃぞ」とキング。

「それなら第一条のはずじゃないの」とアリス。

キングは真っ青になると、あわてて帳面を閉じました。「評決答申を」と、陪審に向かって言う低い声はふるえています。

「まだ他に証拠があります、陛下」あわててとびあがると、ホワイト・ラビット氏が言いました。「この紙ですが、見つけられたばかりのもので」

「中に何がある？」とクィーン。

「わたしめも、まだあけておりません」とホワイト・ラビット氏。「が、手紙のようです。被告人がだれかに書いたもののようですな」

「だれかあてにはちがいない」とキング、「だれにもあてられてないというのでない限りはなあ、そんなのめったにあるまい。じゃろ」

「あて先は？」陪審員でたずねる者があります。

「あて名、なしです」とホワイト・ラビット氏。「実際、外側には何も書かれておりません」言いながら、紙をひもとき、「手紙ではないですな。詩です」

「被告人の筆跡ですか？」と、別の陪審員です。

「いいや、ちがいます」とホワイト・ラビット氏。「一番わからぬところです」

（陪審員全員がわけがわからないという顔をしました）

「被告人が他のだれかの筆跡をまねたのに相違ない」とキング（陪審員一同の

顔がまた明るくなりました）

「おそれながら陛下」とジャックが言いました。「わたしは書いておりません。一同、わたしが書いたと証明しかねておられる。最後に名前も署名されておりません」

「おぬしが署名してない以上」とキング、「ことは一層不利なのじゃ。何かをたくらんでいるにちがいない、でなければ平気で署名もできただろう」

そこいらじゅうで拍手が起こりました。事実、この日キングがはじめてほんとうにそうだと言えそうなことを言ったからです。

「この者の有罪を証しておる、もちろん」とクィーン。

「よって、首を――」

「そんなこと何も証してないわ

よ！」とアリス。「どんな詩なのか知りもしないくせに」

「読みあげよ」とキング。

ホワイト・ラビット氏が眼鏡をかけます。「どこからはじめればよろしいので、陛下？」とたずねます。

「はじめからはじめよ」とても重々しくキングが言います。「終わりまでいったら、そこが終わりなのじゃ」

しんと静まる法廷。ホワイト・ラビット氏が詩を朗誦《ろうしょう》する声ばかりがひびきます――

彼ら私に言うにゃ、きみが彼女の所に行ってて
そして彼に私のことを言ったと、
彼女は私のこと良く言ってくれ、
しかし言いもした、私が泳げないことを。

彼は私が行ってないと彼らに言った、
（それはたしかと我らも知るが）
もしも彼女、その手を強めたら、
　きみは一体どうなってしまうか。

私は彼女にひとつやり、彼らは彼にふたつ、
　きみは我らにみっつか、いや、もっと。
彼らみな、彼からきみに戻る、
　が、元はといえばみな私のもの。

私か彼女がたまたまもしも
　この件にかかわってるなら、
彼はきみにたのむ、彼らに自由をと、
　我らが自由であるようにだ。

私の思うにゃきみはずっと
（彼女がこうかんかんになる前だ）
障《さわ》りだった、彼と我ら自身と、
　それの間をさまたげた。

彼に、彼女が彼らを一番好きとしらせる勿《なか》れ、
　なぜならこれは永遠の
秘密なるべし、他のたれにも秘められて、
　きみ自身、そして私の間の。

「いままでのところ最も重要な証拠である」と、手をもみしだきながらキングが言いました。「さてそろそろ、陪審員諸君は――」

「陪審のだれかが説明できると言うなら」とアリス（この二、三分の間にアリスはものすごく大きくなっていましたから、仮に相手がだれであろうと、言葉を中断させて平気でした）、「六ペンスさしあげてよくてよ。これにこれぽっちも意味あるなんて、わたしは思わない」

陪審員はみな、スレート板に「彼女は、これにこれぽっちも意味あるなんて思わない」と記しましたが、そのだれもこの紙のことを説明しようとはしませんでした。

「それに意味がないとすれば」とキング、「大いに手間がはぶける。だろう。だって見つけようとする必要がなくなったということだからだ。しかし、さてどうだろうな」と、膝《ひざ》の上に詩の紙を広げ、片目でそれを見やりながら、「わしにはどうも意味ありげに思われるのじゃが。『――言いもした、私が泳げないことを――』か、おぬし泳げぬじゃろ、どうじゃ?」と、ジャックに向かって、言い足しました。

ジャックは悲しそうにかぶりをふりました。「泳げるように見えますか?」とジャックは言いました(泳げないはずですよね、全身ボール紙なんですから)。

「いままでのところ、問題なし」とキング。詩のあちこちのことで、キングのぶつぶつつぶつぶやく声が続きます。「『それはたしかと我らも知る』――陪審のことじゃ、むろん――『もしも彼女、その手を強めたら』――ふむ、奥のことにちがいない――『きみは一体どうなってしまうか』だと――知れたことじゃ!

――『私は彼女にひとつやり、彼らは彼にふたつ』――ずばり、犯人がタルトをどうしたかにちがいあるまいがの」

「でも、その先、『彼らみな、彼からきみに戻る』ってありますよ」とアリス。

「そう、そこにある!」とキング、テーブルの上のタルトを指さしながら、勝ち誇ったように言います。「これより明々白々のこと、あるまい。次じゃが、『彼女がこうかんかんになる前だ』か――奥や、おまえかんかんになったことなど一度もない、であろうの?」とキングはクィーンに言いました。

「ありませんよ！」と叫ぶや、怒りのクィーン、叫びながらインク壺をトカゲめがけて投げつけました（不幸なちいさなビル君は一本指でスレート板に書くことを、なんの痕跡も残らないのでやめていたのですが、顔にたれ落ちてくるインクを使って、インクの続く限り、またいそいで書きはじめます）。

「では、この詩の文句はおまえにはぴったんこかんかんではない」微笑を浮かべてあたりを見回しながら、キングは言いました。みな、しんと黙っています。

「しゃれがわからんか！」怒った声でキングは言い、一同どっと笑ったりします。「陪審は答申を」とキング。もうこの日二十回目ぐらいの台詞でしょうか。

「だめ、だめじゃ！」とクィーン。「まず宣告――答申などあとじゃ」

「ばっかじゃないの！」大声でアリスは言いました。「まず宣告だなんて、どういうこと！」

「黙りゃい！」紫色になりながら、クィーンが言います。

「黙らない！」とアリス。

「首切れいっ！」クィーンがあらん限りの声で絶叫しました。動く者はありません。

「おまえたち、なんだっていうの？」とアリス（この時にアリスはもう元の大きさになっていました）。「ただのトランプ・カードじゃないの！」

これをきっかけに全部のカードが空中にとびあがり、アリスをめがけてふりかかってきました。アリスはこわさが半分、怒りが半分のちいさな叫び声をあげ、はたき落とそうとして、ふっと気がつくと土手の上に横たわっていて、膝を枕にさせてくれていた姉さまが木からアリスの顔にふってくる枯れ葉を、やさしく払ってくださっていたのでした。

「起きなさい、アリスちゃん！」姉さまが言いました。「ずいぶん長いこと眠ってたわねぇ！」

「とっても変な夢を見てたのよ！」とアリス。そしてアリスは姉さまに、きみたちが読んできたばかりのアリスのふしぎな冒険のすべてを、思いだせる限り話してあげたのです。終わると姉さまはアリスにやさしくキスして、「ほんとうに妙な夢だったこと。でも、とにかくお茶にいそぎなさい。遅刻ですよ」と言いました。そこでアリスは起きあがり、走っていきましたが、走りながらできる限り、なんてふしぎな夢だったんだろうと思ったことでした。

ところで姉さまですが、アリスがかけて行った時のままずわり、手に頭をのせて、落ちて行く日をながめ、ちいさなアリスと、アリスのふしぎな冒険のすべてのことを考えるうち、いってみれば姉さまの夢を見はじめていたのです。どういう夢かと言いますと――

まず、ちいさなアリス自身にまつわる夢でした。もう一度、ちいさな手が膝の上で組まれており、よく動く明るい目が上から見る姉さまの目を見あげていましたし――アリスの声音《こわね》も聞かれましたし、目の中に入るのが常のほつれ髪を後ろにやろうとして頭を変につんとちいさくふる仕草が見られましたし――耳かたむける間、というか耳かたむけている気分の間にも、姉さまのまわりの場所全部に、ちいさな妹の夢の妙ちきりんな生きものがわらわらと姿を現してきたのです。

足もとの丈《たけ》高い草が白うさぎの急ぎ足のせいでさらさらと音をたてましたし――おびえたねずみが近くの池にざぶんと飛びこみましたし――姉さまは三月うさぎと友だちが終わりのない会食をしているところのティーカップのちゃらちゃらいう音も、不幸な客に死刑宣告ばかりくだすクィーンの金切り声も聞い

たような気がしました――もう一度、女公爵の膝上でブタ赤んぼうがくしゃみをしましたし、そのまわりでは大皿小皿ががしゃんがしゃんといっておりましたし――もう一度、グリフォンも叫び、トカゲのスレート板と鉛筆はきいきいきしっており、制圧されたテンジクネズミののどのつまった音もし、これらがあたりに満ちみちるのに、かわいそうなまがいタートルの遠くのすすり泣きもちゃんと混じっているのです。

そうやって、目を閉じてずっとすわっておりますと、自分も不思議の国にいる気に半ばなるのですが、しかしもう一度目をあけるならすべてが退屈な現実に戻ってしまうだろうともわかっていました――草は風のせいでさやさやいってるだけ、池も葦《あし》のそよぐのにあわせてぴちゃぴちゃいってるだけ――ティーカップのちゃらちゃらも羊の鈴のいわせるちりんちりんに変わり、クィーンの鋭い叫び声だって羊飼い少年の声に他ならないことでしょうし――赤んぼうのくしゃみ、グリフォンの叫ぶ声、その他この他の妙な音連れも、にぎやかな畑にいろいろ混り合う音どもに変わってしまう（と姉さまは知っていました）――遠くで牛たちが草はむ音がまがいタートルのむせび泣きにそっくりとって代わるはずなのです。
夢のおしまいのところで姉さまは自分のちいさな妹が時をへて一人前の大人の女性になっているところを、妹が大人の歳華《とし》をへながら子供の頃の素直さと愛いっぱいの心を失わないでいるところを、自分のまわりにちいさな子らをつどわせ、たくさんの変わった物語、ひょっとしたら昔々の不思議の国の夢物語で、子らの目をきらきら輝かせているさまを、子らの素直な悲しみをわかち合い、子らの素朴な喜びをみずからの喜びとしながら自分の子供の頃の暮らしを、あの浄福の夏の日々を思いだす様子を、目の前にありありと思い浮かべてみるのでありました。

完

訳者あとがき

佐々木マキ画伯に御作を提供いただけるこの『不思議の国のアリス』（一八六五）は原作刊行から百五十周年目に当たる年に出る翻訳ということで大変めでたく、ぼくの長い翻訳家人生の中でとびきり忘れがたい本になりました。

実はぼくは『不思議の国のアリス』を一度、続篇の『鏡の国のアリス』は二度、それぞれ翻訳を仕上げ、本にしたことがあります。キャロル・ファンの間ではこれが究極《いちばん》と言われてきたマーティン・ガードナーという、理科の世界のこと、数学の世界のことを一般の人たちに教え、解説することではだれよりもうまい人がくわしい注をいっぱいつけた『詳注アリス』という本が一九六〇年代はじめに出て、ものすごいアリス・ブームをひきおこしたのです。その中に『不思議の国のアリス』も『鏡の国のアリス』も仲良く並んで入っていましたが、その『鏡の国のアリス』の方を引き受けて日本語にしました。装本と紙面デザインも大変美しく大きな話題になりました。その後、たまった新しい注を盛りこんで『新注アリス』という大型の版《はん》の本が出ました。出版社の計画で今度はぼく一人に『不思議の国のアリス』と『鏡の国のアリス』の両方を訳せという話になりました。『鏡の国のアリス』の訳はこれで二度目、『不思議の国のアリス』ははじめてで、『不思議の国のアリス』の方は新鮮な気もちで取り組めたのですが、『鏡の国のアリス』の方はやはり一回目の訳とできるだけちがったものにしなくてはいけない、しかもやはり面白く読めなくてはならない。大変なプレッシャーがかかって、毎日毎日頭はこの訳の仕事のことでいっぱいだったのをおぼえています。

しかもものすごい量の注も訳さねばなりません。御想像がつくと思いますが、キャロルの英語をやっと日本語にしたところで、横にくっいたガードナーさんの注とうまくつながらないといけないということがわかって、訳をそのように変えなくてはいけないので、うまくいくのはほとんど奇跡なのですが、苦労は並大抵ではありませんでした。十以上を数える『不思議の国のアリス』の日本語訳を並べてこの人の訳がこの人の訳よりうまい、とか下手とかいう議論がいつもあるのですが、ぼくのはそういう余計な苦労《ハンデ》が加わっているんだ、ちょっとは甘い点をつけてやってよ、といつもそういう気もちできました。

だから、隣に一段と小さな活字で注のついていないアリス物語を訳せる日がくることが長いあいだの夢でした。

みなさんが手にとっておられるこの『不思議の国のアリス』がその夢かなった本なのです。何にも余計に縛られることもなく、思いのまま自由に遊ぶことを楽しみぬいた訳です。訳者のそういう楽しく遊んで仕事している感じがみなさんに伝わるなら、いちばんの幸せです。でもとても面白いことですが、できるだけ忘れようと心がけた前の注釈本での訳がやはり頭に浮かんでくるのです。それだけ苦しみ、本当に神さまの助けで見事に突破していった苦心の訳をそう簡単に忘れられるものではありません。時間と（音楽の）拍子の両方の意味に掛かった、おまけに人物の名前でもあるらしい“time”を「マ（間）」と訳せばすべて解決とわかったときの天にものぼる心地、わかりますか。いちばんの難所の第七章は結局この「マ」をうまく使うかどうかにかかっており、それ以外の案は多分どれも「間抜け」、文字通りマが抜けた訳なのです。それで調子の出た第七章はティーパーティーの場面ということで日本語の「無茶」、「茶」

が「無」いという言い方が、おまけのダジャレということでものすごく生きたりしました。ダジャレの訳って、本当に、本当に面白い。

　そんなふうに苦労すれば必ず正解（か、それに近いもの）が出てくる。訳した本人のそういう気もち良さが伝わる訳になっているはずだし、楽しく読んでいただける調子《テンポ》を（「間《ま》」を）工夫してあるので、会話部分など、ぜひぜひ口に出して読んでみてください。

　会話のない本なんて本じゃない、といちばんはじめのところでアリスが言っています。この翻訳は会話のある本になっているはずです。

　アリスは同時に絵のない本なんて、とも言っています。この翻訳の「絵」はどうですか。すばらしいの一語《いちご》につきます。世の中のとても奇妙なありかたを、単純ですが非常に強い線で描いて「伝説《レジェンド》」とよばれるにふさわしい漫画家だった佐々木マキ先生の絵がぜいたくにページいっぱいあふれています。絵本としても、先生の名作絵本、『やっぱりおおかみ』や「ムッシュ・ムニエル」シリーズと並べて楽しめる、発見と驚きいっぱいの傑作だと思います。いっしょのお仕事、夢みたいです！

　絵もあれば会話もある本をお届けできました。姉さまの本をのぞきこんだアリスがそこにもしこの本を目にとめていたら、はたしてシロウサギはとび出てきたのでしょうか。

　楽しくてたまらなかったこの本のお仕事をもって走りでてきたぼくのシロウサギ君は亜紀書房の小原央明さん。月刊誌『ユリイカ』二〇一五年三月臨時増刊「一五〇年目の『不思議の国のアリス』」号のハイライトに佐々木先生の、こちらは『鏡の国のアリス』に取材した絵を出すことができ、ファンのみなさんを大喜びさせることができたのもこの小原さんの御尽力のたまものなのでした。さあて、『鏡の国のアリス』の方も、どうなのかな。

高山宏

高山 宏（たかやま・ひろし）
1947年岩手県生まれ。批評家。翻訳家。1974年東京大学大学院人文科学研究科修士課程修了。大妻女子大学比較文化学部教授。著書に『アリス狩り』『近代文化史入門　超英文学講義』『殺す・集める・読む　推理小説特殊講義』『新人文感覚Ⅰ　風神の袋』『新人文感覚Ⅱ　雷神の撥』ほか多数。翻訳書にウィリアム・ウィルフォード『道化と笏杖』、ジョン・フィッシャー『キャロル大魔法館』、エリザベス・シューエル『ノンセンスの領域』ほか多数。

佐々木マキ（ささき・まき）
1946年神戸市生まれ。マンガ家・絵本作家・イラストレーター。1966年に「ガロ」でマンガ家デビュー。1973年、福音館書店より絵本『やっぱりおおかみ』を刊行。マンガ作品集に『佐々木マキ作品集』『ピクルス街異聞』『佐々木マキのナンセンサス世界』『うみべのまち』。絵本に『ぼくがとぶ』『ぶたのたね』『ムッシュ・ムニエルをごしょうかいします』『ねむいねむいねずみ』ほか多数。エッセイ集に『ノー・シューズ』などがある。京都市在住。

不思議の国のアリス

二〇一五年　四月三〇日　第一版第一刷発行

著　者　ルイス・キャロル
訳　者　高山 宏
絵　佐々木マキ
デザイン　祖父江慎＋鯉沼恵一（cozfish）
編　集　小原央明
発行所　株式会社亜紀書房　http://www.akishobo.com
〒一〇一-〇〇五一　東京都千代田区神田神保町一-三二
電話　〇三-五二八〇-〇二六一　振替　〇〇一〇〇-九-一四四〇三七
印刷・製本　株式会社トライ　http://www.try-sky.com

ISBN 978-4-7505-1428-4 C0097